LE PARLOIR

ÉDITIONS VERDIER
11220 LAGRASSE

Du même auteur

Monsieur a-t-il bien tout dit aujourd'hui ?, Denoël, 1967

La Tête, Grasset, 1980

Narcisse, Talus d'approche, 1986

Brossard et moi, Verdier, 1989

La Nonchalance, Verdier, 1990

La vie est un village, Verdier, 1992

Pierre Dumayet

Le Parloir

VERDIER

ISBN : 2-86432-218-8

« Il faut que la pièce où l'on se tient ait l'air d'un petit café. »

MARCEL PROUST, *À l'ombre des jeunes filles en fleurs.*

Parloir : Grande pièce (dans une maison particulière), sorte de salon où l'on cause, où l'on reçoit.

LE ROBERT.

Je ne voudrais pas, je ne voudrais pas commencer par cette phrase-là. Il faudrait partir d'un bruit fort, imprévu. Écrire, par exemple : un bruit vient de tomber, un bruit lourd. Sans rien casser. Ça s'est passé dans la maison, dans l'appartement, dans cette pièce où je suis. Il y a quelques minutes, à peine.

C'est l'un des deux poids de l'horloge que, par pompe ou nostalgie, Suzanne et René ont achetée il y a dix ans. Tous les dix ans, la corde, qui retient le poids, s'use. Et le poids tombe. Il est rare que les deux poids tombent le même jour.

René a encore sur lui, sous ses vêtements, cette peur imprévue. Il se reproche son insouciance. Il aurait dû, sérieusement, guetter la cassure, s'y préparer, l'assurer. Heureusement, Suzanne n'est pas là. Elle lui a laissé une liste de courses à faire. De sa main, sur la liste, René ajoute le mot ficelle aux autres mots qu'il doit acheter.

René raye, sur la liste, le mot ficelle : il doit en rester une. Une pelote ancienne, toute neuve, sans colorant. Je la vois d'ici, dans une boîte au milieu de photos avec un trousseau de clefs. Pas tout à fait des photos : des vieilles pellicules à refaire tirer, bien rayées. Mais la boîte, je ne la vois pas. Elle est à la campagne, peut-être.

René jette un œil sur sa mémoire. Il constate qu'il a souvent, quand il y pense, peur de voir un tableau casser sa laisse et tomber sur une personne assise. Les murs et les clous sont fragiles. Les armoires penchent. S'il n'avait pas gardé cette peur, le poids de l'horloge, en tombant, n'aurait pas eu d'effet. Je ne connais pas René, mais je le plains : un bruit n'est pas fait pour rester.

René va faire les courses. Il a une liste. Le mot banane ne figure pas sur la liste. Il achète une banane. Il revient à la maison.

René pose la banane dans le compotier. Au dessert, il ne prend pas la banane. Suzanne ne la regarde pas. Le soir la banane est un peu tigrée. Le lendemain matin, la banane n'est plus là. René va voir si la peau de la banane est dans la boîte à ordures. Elle n'y est pas. La banane a disparu. René ne l'a pas mangée. Il en est sûr. Suzanne n'aime pas les bananes. Personne n'est venu faire le ménage. Il n'y a pas d'enfant. L'un des deux a donc mangé la banane, en a caché la peau. René l'a-t-il mangée à son insu ? Suzanne l'a-t-elle fait disparaître machinalement, ou l'a-t-elle mangée pour voir ?

À table, René n'évoque pas la question. Suzanne non plus. Il y a entre eux une convention tacite.

Certains sujets n'atteignent pas le seuil de la conversation. Selon René, il serait ridicule de parler banane. Selon Suzanne, ce serait choquant.

L'après-midi, René descend porter une lettre et rapporte une banane. Il l'a, pour le transport, mise dans la poche de son imperméable. Il l'en retirera tout à l'heure. L'imperméable de René est accroché dans la penderie, connue pour son parfum d'antimite. Suzanne est allée chez le coiffeur.

Deux ou trois fois, en frôlant la penderie, René vérifie la présence de la banane. Puis frappé par la puissance de l'odeur antimite, il se lève, va prendre la banane, la fait respirer et cherche où la mettre. Mais Suzanne rentre et tout en rentrant, elle aperçoit René épluchant, l'air distrait, la banane et la mangeant en souriant.

Suzanne, très gaie, ne dit pas un mot de la banane. Elle va se faire une tasse de thé. René en prendra une aussi. René ne peut pas rester naturel et garder dans sa main gauche la peau de la banane. S'il va la jeter dans la boîte à ordures, il va croiser Suzanne qui s'amusera de le voir poser ce déchet. René ne bouge pas.

Il désosse la dépouille de la banane sur le journal de la veille et, avec son canif, augmente l'aspect de la peau. Suzanne fait une petite grimace en découvrant le travail de René : il aurait pu prendre un journal plus ancien. Le journal de la veille est, pour Suzanne, encore vrai. Mais pas un mot n'est dit sur l'ancienne banane. C'est René qui entame le débat.

— Je n'ai jamais pu supporter la peau d'une banane morte.

Il va dans la cuisine, emportant le journal de la veille sur lequel se tient, en équilibre, la peau de la banane morte. Il retire de sa cage la boîte à ordures, fait glisser le déchet, tapote le journal et aperçoit par terre, derrière la boîte à ordures, au loin, une banane entière qui n'a jamais été pelée. Datant d'hier, elle est présentable. Il prend un ancien journal, pose la banane intacte dessus et l'emporte dans la pièce où l'on boit le thé : le parloir. Il pose le tout à ses pieds.

Suzanne est étonnée par l'importance que prennent les choses, quelquefois.

— C'est toi, demande René, qui l'avais jetée ?

— Probablement, répond Suzanne.

— C'est bizarre, dit René.

— Mais non, ce n'est pas bizarre, nous n'achetons jamais de banane.

— C'est vrai, dit René.

— J'ai cru, dit Suzanne, que la fruitière s'était trompée, qu'elle avait mis une banane dans ton sac par erreur, alors je l'ai jetée.

— Tu aurais pu m'en parler, dit René.

— Allons, bon ! dit Suzanne : qu'est-ce qui te prend ?

Que va répondre René ? Rien. Il voudrait ne pas avoir dit : « tu aurais pu m'en parler ». Maintenant, c'est trop tard. Il est débordé. Cette réplique lui pèse. Il se demande ce que peut cacher une banane. Il va faire une sieste. N'y parvient pas : ce n'est pas du côté des bananes qu'il faut chercher. Il se demande s'il n'utilise pas la banane pour écrire, c'est-à-dire pour faire quelque chose. Pas pour écrire, mais pour s'inquiéter, pour réfléchir. C'est répondre qu'il faudrait faire, ou intervenir, modifier. Ne pas laisser aller le continu.

Ce qui embête René, c'est – il a allumé une cigarette – le trajet interminable de cette histoire idiote. Colette et sa fille viennent dîner ce soir. Il est cinq heures et demie. René aimerait penser à autre chose, mais on ne peut pas changer de soliloque. Il avale le fond de sa tasse de thé. Suzanne est en face de lui. Elle lui sourit.

— Ça va ?

Comment dire non ? Qu'expliquer ?

— C'est bien ce soir que Colette vient dîner ?

— Oui, répond Suzanne.

Suzanne n'a pas dit : « avec sa fille ».

— Avec sa fille ? demande René.

— En principe, oui, répond Suzanne, mais si elle t'agace, ne marche pas dans son système, rit Suzanne.

C'est vrai que la fille de Colette est agaçante. Elle joue à ne rien savoir, à ne rien reconnaître. Elle va encore me demander, se dit René, ce que je fais dans la vie, si nous habitons ici depuis longtemps. Je ne voudrais pas être à ma place dans sa tête, se dit René qui rougit brusquement : depuis presque cinq minutes, la banane a disparu ! Il ne la voit plus.

— Si Colette vient avec sa fille, dit Suzanne, ne leur raconte pas l'histoire de la banane : nous en aurions pour trois heures.

— J'y ai déjà pensé, dit René.

Suzanne est inquiète :

— Comment cela : « j'y ai déjà pensé ? » Tu as longuement réfléchi ? Tu t'es largement demandé si tu devais – ou non – parler banane avec la fille de Colette ?

— Pas longuement, pas largement, mais je m'étais posé la question.

— Quand ?

— À l'instant. Juste avant. Quand je t'ai demandé si c'était bien ce soir qu'elles venaient dîner toutes les deux.

— Tu m'as demandé si Colette venait dîner ce soir. Tu ne m'as posé aucune question sur sa fille avant de me demander si Colette venait avec sa fille.

— C'est vrai. C'est, environ, à ce moment-là que je me suis dit : si sa fille vient avec elle, le mieux serait de ne pas parler de la banane.

— Tu ne vas quand même pas la laisser là, dit Suzanne.

René constate que la banane, reposant sur le journal de la veille, est en effet restée à ses pieds.

Sans rien dire, il fait du journal et de la banane une sorte de paquet qu'il s'en va jeter dans la poubelle.

Il revient dans le parloir où l'on prend le thé, la poubelle à la main.

— Elle est pleine maintenant, dit-il, je vais la descendre.

Suzanne éclate de rire. Vaincu, René s'assied, la poubelle à côté de lui. On sonne.

— J'y vais, dit Suzanne.

C'est la fille de Colette.

— Comme je ne peux pas venir avec maman ce soir, je voulais vous dire un petit bonjour, dit la fille de Colette.

Elle embrasse René, s'assied à côté de lui. Entre René et la fille de Colette, il y a la poubelle. La conversation, au sens où l'entend la fille de Colette, est difficile à suivre.

— Je me demandais si vous seriez là. Parce qu'on devait arriver vers huit heures. Et comme il est six heures à peine, je vous imaginais ailleurs, sur un bateau, à la campagne, c'est vrai, non ? Comment se fait-il donc que vous soyez déjà là ? Pas malade au moins ? René a une petite mine, moi, je vais bien, maman aussi. J'ai même des nouvelles de mon père. Pas fameuses. Pas fameuses. Racontez-moi ce que vous faites en ce moment ? Encore des commentaires ? Et toi, toujours tes maisons ?

— J'allais, dit René, descendre la poubelle.
— Elle est très bien ici, dit la fille de Colette.

René descend lentement, à la vitesse de son ascenseur. Laisse la poubelle dans la cour, prend *Le Monde;* il passe devant la fruiterie, n'y achète rien. René attend, au bar de l'Espérance, que la fille de Colette soit partie. Attente idiote, puisque, du bar, il ne peut pas voir sortir la fille de Colette. Il peut estimer seulement. Pour un jour de congé, c'est un jour de congé. Ce qui l'entête, ce n'est plus la banane, c'est l'étrangeté de sa conduite à l'égard d'une banane. Il y a un compotier sur le bar de l'Espérance : oranges, pamplemousses, amandes, bananes. Il en prend une, la goûte, essaie de décrire, pour lui, ce goût. Le garçon s'étonne de voir René se boucher les narines. C'est qu'il veut séparer de son odeur le goût du fruit. Le goût lui paraît nul, mais l'odeur est forte. L'odeur surtout ne ressemble pas au goût. Il n'y a pas de parenté entre l'une et l'autre. Ou plutôt, se dit-il : le goût, qui est à peu près nul, se marie assez bien avec l'odeur, mais l'odeur est si personnelle, si différente du goût, qu'elle choque. Ne serait-ce pas cette disparité de la banane avec elle-même qui la rendrait, sinon perverse, du moins intéressante ?

René se dit que, pour lui-même, il n'a pas un goût exquis. Son odeur, s'il en croit Suzanne, serait meilleure. Cela fait des heures maintenant, que je m'agace avec cette histoire idiote. N'empêche que l'image la plus forte de ma journée restera cette banane cachée derrière la poubelle. Je l'ai vraiment vue au loin. Comme il arrive qu'on voie un bateau. J'ai même, un instant, cherché à lire son nom, comme s'il devait être écrit ou peint sur sa coque. Comme si elle en avait un.

La fille de Colette est sûrement partie : René reconnaît son parfum dans l'ascenseur. Un mélange de jasmin, de vanille et de citron. Ce n'était pas aux dernières vacances, c'était aux précédentes. Il pleuvait. La fille de Colette nous avait préparé un réconfort : des toasts à la vanille. Dégueulasse. Si j'étais son voisin du dessous, je l'entendrais parler toute la journée. C'est avec ses talons qu'elle ponctue n'importe quoi. René, dans l'ascenseur, n'est pas seul. La fille de la concierge l'accompagne. « Vous vous parfumez ? » demande à René la fille de la concierge. René sourit.

— Elle est vraiment folle, dit Suzanne. Tu sais ce qu'elle m'a demandé ? Si, avant, il y avait une fenêtre dans le parloir !

— Je sais, dit René, j'étais là.

— Robert a téléphoné.

— Ah.

— Laurent est mort.

René connaît Laurent depuis des années. On disait à René : « Si tu viens, amène Laurent. » On disait la même chose à Laurent. L'annonce d'une mort proche fait un creux, prend la place de l'air que nous avons respiré, sans rien prévoir. René ne dit rien. Il ajoute :

— Ce n'est pas la peine de le dire à Colette.

— Elle doit le savoir dit Suzanne, tu oublies que Laurent a été son premier mari.

— C'est vrai, dit René. Alors elle ne viendra pas dîner. On va encore avoir un gigot sur le dos.

— On le mangera demain, répond Suzanne.

— Avec qui ?

— Avec qui tu voudras.

— Quel deuil, dit René.

— On ne leur dira pas. On peut quand même inviter quelqu'un qui n'a pas connu Laurent.

— Corinne et Sébastien ?

— Ou Henriette et sa sœur.

— Ça dépend, dit René, avec quoi on le mange : haricots blancs ? haricots verts ? Telle est la question.

— Henriette s'en fiche, dit Suzanne.

— Henriette oui, Thérésa non.

— Écoute, René.

— J'écoute. J'entends même.

— Si on invite Karl avec Henriette, Thérésa mangera des haricots verts. Elle en reprendra même !

— Alors, invitons Karl tout seul.

— Ça fera trop.

— Alors, Karl et Thérésa, sans Henriette.

— Ça, c'est une idée.

Brusquement, Laurent est mort depuis longtemps.

Le lendemain, quand Karl arrive avec Thérésa, René ouvre le réfrigérateur et, d'un coup, se sent pâlir. C'est qu'un carton de bières lui saute aux yeux. René ne boit jamais de bière. Suzanne non plus. Cela nous ramène en arrière, oui en arrière.

René avait acheté ces six bières, il y a un mois. Laurent devait venir voir ce qui ne marchait pas, à l'intérieur – ou à l'extérieur – du magnétoscope. Laurent ne buvait que cette bière-là, dans des bouteilles couleur d'iode. Il avait téléphoné. Il ne pouvait pas venir. C'est la dernière fois. Non : après, encore une fois. Il avait appelé pour repousser un rendez-vous. Il avait juste quarante-huit heures à passer hors de chez lui, dans un hôpital. Un examen. Et puis, il était mort. Les bouteilles étaient là. René ne savait qu'en faire. Les boire, les offrir à boire ? Non. Les garder ? ridicule. Alors ? Les laisser là en attendant. Suzanne ne les avait pas remarquées. La femme de ménage les changerait de place un jour ou l'autre. Peu à peu, elles se rapprocheraient de la sortie. Cette couleur d'iode, décidément. La banane oubliée l'avait un peu. René prend, pour Karl, une bouteille de vin blanc. Karl boit du vin blanc, uniquement. Karl est encore vivant.

Thérésa va venir, mais plus tard. Il faut faire patienter le gigot. Suzanne et René se regardent. Il y a souvent un moment où l'on se dit : on aurait dû inviter le gigot. Comme ça, on aurait mangé tous ensemble, le gigot et nous.

— Thérésa n'est pas malade ?

— Non, non ; au contraire, mais c'est difficile, quand on est psy, d'avoir un patient bègue. La séance passée, elle doit se doucher, bien vider ses oreilles. Les psy travaillent avec leurs oreilles. Les bègues les maltraitent. À l'heure qu'il est, elle doit sécher ses cheveux. La voici.

— J'étais chez le dentiste, dit-elle. J'espère que vous ne m'avez pas attendue.

On passe à table. Le gigot est gris. Les haricots sont repliés sur eux-mêmes. Ceux qui ont été verts et ceux qui ont été blancs. Suzanne est furieuse. René n'est pas content. Le retard brise l'appétit, change l'odorat, brouille la vue, agace.

— Vous savez que Laurent est mort ? demande Thérésa.

— Nous ne savions pas que tu le connaissais.

— Il était mon client. Je peux bien le dire maintenant.

René et Suzanne se regardent : la mort, le gigot, la psychanalyse. On ne saurait donner la clef d'un dîner, même entre amis. Quand on est invité, on se demande qui l'on remplace. C'est un jeu qu'aime beaucoup René. Tant qu'il n'a pas trouvé le nom de la personne qu'il remplace, il n'a pas faim. Il demande des nouvelles d'un tel, puis d'un autre. Jusqu'à la réponse souhaitée :

— Il devait venir dîner ce soir, justement.

Alors René se jette sur son gigot. Il est navré : « Quel dommage, j'aurais beaucoup aimé le connaître. » Ensuite, il veut savoir pourquoi le bougre n'est pas venu. Il embarrasse la conversation, jusqu'à ce que tout le monde parle de l'absent. Ce petit jeu agace Suzanne, mais l'amuse.

René, maugréant, ne s'aperçoit de rien : Karl joue pourtant au même jeu et il brûle, car Suzanne vient de parler de Colette, et Thérésa demande aussitôt :

— Il y a longtemps que vous l'avez vue ?

— Elle devait venir dîner hier, avoue Suzanne.

Alors, Karl, regardant le gigot, dit :

— Finalement, hier, vous avez diné tout seuls ?

— Oui, avoue René.

— Pardonnez-moi, dit Karl, mais si je ne parle pas ce que je me dis, je deviens tout différent de moi. Comme lorsqu'on double une file de camions. Au moment de doubler, une envie de ralentir me prend. On se dit que pour bien doubler, il faudrait aller moins vite que l'autre. Beaucoup moins vite. Alors, on accélère.

— C'est vrai, dit Suzanne. Moi, c'est pareil : j'écrirais si je n'avais pas froid aux mains. J'ai toujours les mains froides.

— Ce n'est pas exactement ce que voulait dire Karl, dit Thérésa.

— Qu'est-ce que tu en sais ? dit Karl.

Voici donc Suzanne et Karl assis sur la même branche.

— Il est excellent ce gigot, dit Karl. Et si tu n'avais pas froid aux mains, qu'est-ce que tu écrirais ?

— Une vie, répond Suzanne.

— Une vie de femme ?

— Pas forcément.

— Explique-toi.

— Ce ne serait pas une vie complète. Ce serait une vie vue d'avion. D'hélicoptère, plutôt. Une vie vue d'en haut. Au ralenti.

— Ce serait une photo ? une suite de photos ?

— Si tu veux, oui, répond Suzanne. Une seule photo même, qui raconterait un secret.

— Un de tes secrets ? demande René.

— Non : un des tiens plutôt, répond Suzanne. Moi, je n'ai pas de secret pour moi.

— Que tu dis ! précise Thérésa.

— Tralala, répond Suzanne.

— Laisse-la parler, exige Karl.

— Je veux dire, dit Suzanne, que la partie cachée du compotier ne m'intéresse pas. Ce que j'aimerais par exemple, ce serait, quand je pense à quelque chose de désagréable, pouvoir changer de sujet, comme on le fait dans la conversation.

Suzanne quitte la table et va pleurer.

— Vous avez des soucis ? demande Karl.

— Je ne sais pas, répond René. Tu en as, toi ?

— Lui ! rit Thérésa. Lui, des soucis !

— Et alors. Et alors : quoi ? questionne Karl.

— Mon petit chou, dit Thérésa. La seule chose qui t'agace, c'est ta cravate, quand tu ne la trouves pas. Pour te faire de la peine, il faut être une cravate.

— À qui la faute ? dit Karl.

Suzanne revient s'asseoir. René verse du vin dans le verre de Thérésa, puis soudain se ravise :

— J'ai de la bière, si tu préfères.

— Pourquoi pas, dit Thérésa.

— On a de la bière ici ? demande Suzanne.

— Quelques bouteilles, dit René.

René, de retour, pose la bouteille de bière devant Thérésa.

— La bière, on doit se la servir soi-même, dit René.

Thérésa regarde l'étiquette, la marque, la provenance. Comme elle n'a aucune réaction, René la toise. Thérésa s'en aperçoit.

— C'était, dit René, la bière préférée de Laurent.

— Il ne m'en a jamais parlé, dit Thérésa en rougissant.

Karl et Thérésa sont partis. Dans le silence qui suit leur départ, Suzanne et René se rapprochent.

— Si Thérésa t'agace, dit Suzanne, pourquoi l'inviter ?

— Thérésa ne m'agace pas. C'est son allure qui

m'énerve : elle est toujours pareille. Elle se prend pour un peigne : elle démêle. On aimerait la voir pauvre, rien qu'une minute, pauvre ou perdue : inconsolable.

— Je l'ai trouvée très belle ce soir, dit Suzanne.

— Évidemment, dit René, mais pourquoi fait-elle croire à Karl que c'est lui qui est beau ?

— Karl est beau.

— Ah, dit René.

— Il aime les femmes mais il ressemble aux hommes qui préfèrent les hommes : il a le blanc des yeux très blanc.

— Et moi ?

— Toi, non ; on dirait que tu viens de pleurer.

— Toi, quand tu as pleuré, tu n'as pas les yeux rouges.

— Non, dit Suzanne.

— Qu'est-ce qui t'a fait pleurer ?

— J'ai regardé le gigot. Je l'ai vu tel qu'il était : tout gris. Il m'a fait pitié.

— On peut comprendre ça, dit René.

— Non ! Et puis, ne dis pas ON tout le temps. Karl dit ON tout le temps.

— Tout le monde dit ON. Toi aussi.

— Karl dit ON, sans arrêt.

— Toi aussi. Tu as dit ON juste avant d'aller pleurer.

— C'est vrai, dit Suzanne ; quand j'ai dit ON, j'ai regardé le gigot.

— On était, tous, trop cuits ?

— Oui, dit Suzanne.

Suzanne pense à une amie qui répond « je ne sais pas », même quand on lui demande si elle a des enfants. Et Suzanne sourit... Au même moment, René entre dans le parloir, un journal à la main, qu'il a trouvé dans la cuisine. C'est lui qui a servi de nappe ce matin lors de l'épluchage des haricots verts et des haricots blancs. Il y a une enquête que René voudrait lire à son aise, dans ce journal d'hier. Or le nombre qui indiquait un pourcentage amusant a été mangé par l'humidité d'une tomate. Ce qui fait sourire René. Apercevant le sourire de René, Suzanne prolonge le sien. Comme deux bateaux qui se croisant, se saluent, même si l'un des deux a vu l'autre au dernier moment.

— Ils annoncent bizarrement la mort de Laurent, dit René.

Le sourire, de part et d'autre, cesse. Et René lit à haute voix : Madame Eugénie B a le regret de

— Qui est-ce, cette dame ?

— Je ne sais pas, dit René. Sa sœur, peut-être.

— Tu iras ?

— Je ne sais pas, dit René.

Le sourire reprend, mais court.

Difficile d'écrire quand on est travaillé par les additions. Les additions sont des enfants. Il faut s'en occuper. On ne peut pas laisser l'argent qu'on doit sans surveillance. On ne peut pas le laisser jouer tout seul. René s'étonne. Il finissait de rêver, ce matin, au petit jour. Un rêve idiot. Suzanne avait agrandi leur appartement, démesurément. Elle avait mis une table immense dans le parloir, tout en cachemire, avec sur le dessus, des personnages de plomb, façon croisade. À table, il y avait des gens qui ne reconnaissaient pas René. C'était vexant. Et brusquement, comme ça, à l'intérieur du rêve : une pensée, une évidence. On était le 12 et dans un mois – et non pas dans deux – ce serait l'échéance. Que cette vérité coupante sorte d'un rêve a quelque chose de bruyant, qui endort René pour la journée. Suzanne lui demande ce qu'il a. Il n'ose pas répondre, à cause de la table. Il sait bien qu'une table n'est pas en cachemire. Pourtant, dans le rêve, Nicole la trouvait superbe. Nicole s'y connaît.

Nicole, c'est encore une autre personne sur laquelle nous reviendrons, page 29. Ce sera un personnage important, sans aucun doute. René ne veut pas en parler maintenant. Un malfrat sorti du rêve l'en empêche. Dans ce cahier, nous n'acceptons pas les malfrats, nous les vidons. Passer la nuit, passer les jours, tel est notre objectif. Traverser la rue, aller jusqu'au trottoir d'en face, même s'il est haut et loin. Voilà comme nous sommes. Nous ne sommes pas des malheureux, mais la mauvaise humeur l'emporte sur l'enthousiasme, voyez-vous. Certes, nous sommes fiers, également. Comiques, donc, même nos rêves le prouvent. Ce n'est pas le vent qui nous gêne. Le climat tout entier nous indiffère. C'est la martingale qui nous manque. Pourtant nous ne jouons pas. La roulette est tout intérieure. Nous ne voulons pas risquer de perdre. Nous regardons, mais il n'y a rien. C'est beau à voir, un tapis vert bordé de gens qui ne jouent pas et de croupiers ballant les bras. On attend qu'un étranger survienne et mette un sou sur le zéro. On regarde venir le commencement du tunnel. Les tunnels, aujourd'hui, sont plus rapides que les trains. Les trains ne peuvent plus les rattraper.

Le monde change plus vite que le temps. René écoute Suzanne lui lire une lettre de Madame du Deffant sur la mort d'une amie. À même la lettre, il y a ces mots : l'ancienneté de la connaissance. Laurent se rapproche d'eux.

Suzanne se récite ce qu'elle sait d'elle, de son père, de sa mère, de ses tantes, de ses oncles. C'est elle qu'elle vise, par la bande. Elle ne sait pas le goût qu'elle a pour les autres. L'oncle Gustave était migraineux. Il quittait souvent la table pour aller sous le robinet. Quand il revenait, les cheveux plats, il faisait peur. L'oncle Gustave faisait de la sanguette : du sang de poulet frit avec des herbes, du boudin sans peau. Son père – le père de Suzanne – faisait peur aussi. Parfois. Il s'habillait à l'ancienne, portait des chemises à col dur. Après le dîner, il ôtait son col. C'était, pour Suzanne, la tenue du condamné à mort, quand l'aumônier vient réveiller la personne, vers cinq heures du matin. Le col empêcherait la guillotine de bien tomber. Les cheveux ont été coupés la veille. Il ne reste qu'à prier. Ensuite, il faut attendre. Bien des années plus tard, René s'est entiché de chemises sans col. Elle n'a rien dit. De chaussures à lacets sans lacets. Pourtant, elle va bien. Le brouhaha est presque un silence. On mange de tout. On n'est privé de rien. Sauf qu'on ne voit plus son dos. Les vertèbres cachent la vue du dos. Les vertèbres, les nôtres. Celles de la queue de bœuf sont délicieuses, dans le pot au feu. Nous avons, se dit Suzanne, acheté une poêle neuve et un faitout. C'est bien.

René se parle, de son côté. Ce qui lui manque, c'est l'amitié qu'il n'a pas pour lui. Il n'a aucun plaisir à se revoir, à se retrouver le matin. Heureusement, Suzanne est là. D'où la gaieté. La nuit est séparée du jour par une frontière, on le sait, barbelée. Les barbelés. Le barbelé. Il faudrait une pince coupante. Tout fantassin en a une sur soi, sous la ceinture. Mais les métaphores ne se laissent pas couper. La bonne qualité du matelas, les rideaux, l'édredon, tout l'ensemble : René le sait bien, il n'est pas un fantassin. Il n'a pas d'ennemis. Ou plutôt : ses ennemis sont trop éloignés. Ses ennemis se cachent dans le temps. C'est beaucoup plus malin.

Quand les rivalités se manifestent en même temps, il y a des morts. Et puis, ensuite, c'est fini, pour un moment. Mais quand l'attaque a eu lieu vingt ans avant, comment répliquer ?

René ne sait rien de ses ennemis. Longtemps, il a cru qu'ils n'existaient pas. C'est tout récemment qu'il est revenu de son erreur. En montant l'escalier. Sa jambe droite a été touchée. Certes, les médecins n'ont pas parlé de blessure. Certes, si René remue sa tête, elle remue. Ce n'est donc pas grave. Il a même conservé sa petite sensation. Mais maintenant qu'il cherche à l'exprimer, il n'y parvient plus. Auparavant, (oui, je dis bien : auparavant), sa petite sensation lui servait à être content. Quand il jouait au tennis, il avait un bon service. La petite sensation se logeait au moment où il frappait la balle. Maintenant qu'il essaie d'écrire, la petite sensation s'est tirée. Couper une phrase n'est pas couper une balle. Il rêve d'une belle amortie.

— Qu'est-ce que tu as ? demande Suzanne, tu es tout rouge.

— Je me demandais, avoue René, s'il y avait des chiottes dans *Madame Bovary*. Il me semble que personne, jamais, ne va aux chiottes dans *Bovary*.

— Laurent connaissait bien Flaubert. Tu aurais dû le lui demander.

Laurent, toujours Laurent, se dit René. Finalement, cette banane il l'avait achetée la veille de la mort de Laurent. Pas la seconde, la première. Celle qu'il avait retrouvée derrière la boîte à ordures. La seconde était une vraie banane, certes, mais moindre. La première avait été l'objet d'un malentendu, que Suzanne avait trouvé tout naturel. René n'y voyait aucun inconvénient, comprenant même l'humeur de Suzanne, mais pas entièrement. La mort de Laurent n'arrangeait rien. Encore que : si Suzanne avait rangé la banane dans le frigidaire, elle aurait pu voir les bouteilles de bière, et s'en étonner. Mais personne, à proprement parler, ne s'est étonné de la mort de Laurent. On a été étonné de savoir qu'il était mort. Plus précisément : on a été étonné de savoir (qu'il était mort) deux heures avant la fille de Colette. Car la fille de Colette ne le savait pas. Ou bien, elle le savait : elle est si cachottière.

— Au fait, demande René, la fille de Colette est-elle la fille de Laurent ?

— C'est possible, dit Suzanne. Nous ne connaissions pas Colette lorsqu'elle était la femme de Laurent.

C'est vrai, se dit René, nous ne connaissions pas Colette dans ce temps-là. Je ne connaissais pas Suzanne non plus, se dit René. Suzanne connaissait Laurent. Elle le connaissait même très bien. On ne va pas faire un roman. C'est moi qui ai acheté la bière. La banane, c'est différent. En principe, pour l'instant. Je ne sais plus, se dit René, comment j'ai connu Laurent. Je crois l'avoir rencontré chez Nicole, un soir. C'est chez Nicole aussi que j'ai rencontré Suzanne, plus tard. Colette était là, ce soir-là.

— Tu te souviens, demande René, tu te souviens ? Il me semble que Colette était là quand nous nous sommes vus pour la première fois, chez Nicole.

— C'est possible, dit Suzanne. Tu n'as qu'à regarder les photos. Nicole avait son appareil, comme d'habitude. Ce soir-là, elle n'a pas arrêté. Je crois même que Colette s'est déshabillée devant le zoom.

— Tu sais où elles sont, les photos ?

— À côté du Larousse.

— Lequel ? demande René

— Celui qui est à côté du Michelin.

Dans la rue, loin de chez lui, René croise une fille svelte qui ressemblerait à la fille de Colette, si la fille de Colette n'était pas si épaisse. René la regarde.

— Tu ne me dis pas bonjour ? dit-elle. C'est la fille de Colette. René, noirci par la surprise, se sent devenir idiot. Elle l'invite à boire un café chez elle. Elle était descendue parce qu'il n'y avait plus de sucre. Elle ne pensait pas le rencontrer. C'est pour cela qu'elle est restée mince, dit-elle. René ne dit rien, ne comprend pas, la suit.

Chez elle, il n'y a rien sur les murs, juste une table basse, sur le plancher.

— Assieds-toi.

René obéit comme il peut, à l'orientale. Elle ôte sa robe. Elle est superbe. Elle ouvre la porte de la penderie. Elle lui montre une série de carcasses épaisses, de petits matelas pliés en deux avec un trou au milieu pour y passer la tête. On dirait des ponchos gonflés. Elle en met un. La voici grosse – comme d'habitude. Elle remet sa robe, qui la serre un peu, et salue. René comprend mais sans comprendre.

— Je m'en doutais, ment-il.

La fille de Colette rit.

— Pourquoi mets-tu ces trucs ?

— J'aime bien me cacher. J'aime bien ça. Quand je vois un mec me regarder de haut parce que je suis trop grosse, ça me met de bonne humeur. Surtout, ne dis rien à Suzanne, hein. C'est un secret entre nous.

René voudrait bien être ailleurs. Mais étant ici, il se tait.

— Les secrets te rendent muet, dit la fille de Colette.

— Tu es bien la fille de Laurent ?

— C'est ce qu'on dit.

— Laurent savait que tu étais matelassée ?

— Non. Il croyait que j'étais grosse. Comme toi. Tu le sais maintenant. Et alors, tu vois bien que tu t'en fous. Tu me trouves moche ?

— Mais non, dit gravement René.

— Qu'est-ce que je dois faire ?

— Mais rien.

— Alors, va-t'en, dit la fille de Colette.

René compte, en descendant, les marches de l'escalier. L'escalier terminé, René n'a plus rien à compter. Il se laisse reprendre par lui-même. On ne peut pas, se dit-il, passer son temps à se dire de se taire. Je parle, se dit René, de cette voix qui est la mienne, quand je ne parle pas. Qui bavarde sans cesse. Que faire pour qu'elle se taise, comme elle se tait quand je cause avec quelqu'un ? Quand j'écris, ça va. Elle me fout la paix, cette voix. Elle fait le cheval et moi le cavalier. Mais le repos, bon dieu, le repos ?

René se met en tête cette colère qui, lorsqu'il écrit, lui donne envie d'écrire à l'envers. Tout ce qu'il écrit doit se placer avant ce qu'il écrira. En remontant. On se croit tout seul à remonter la rue. On fend la foule. Mais la rue est une grande place, un forum qui ne mène nulle part. On peut s'y asseoir, c'est tout. Tout autour, il y a le trou à rêves. Vous imaginez ? une place bourrée de monde avec un trou tout autour. Une petite vapeur, comme dans les bains japonais. Des jeunes femmes nues, avec des seins horizontaux. Des seins gris, en noir et blanc. Tout le monde se fait frotter le dos, gratuitement. Un sauna en plein air. Comment écrire, dans ces conditions ?

Tout en se parlant d'écrire, René s'approche de la maison de Thérésa. Comme Freud avait un chien, Thérésa en a un. Il aboie. René entre, attend un petit moment. Sur les murs du cabinet de Thérésa il y a des images pieuses : une femme nue vue de dos, un homme au féminin. Entre les deux, une laitue peinte par un enfant. À côté du divan, une fenêtre qui donne sur des portes. Au-dessus du divan, une photo du divan. René n'a jamais vu Thérésa seule. Il se le dit, s'étonne.

— C'est donc ici, dit René, que Laurent parlait ?

— Oui, dit Thérésa. Je m'en veux : j'ai été conne de vous le dire. Il ne m'a jamais parlé de Suzanne, ni de toi.

René se tait.

— Tu ne me crois pas ?

— Non, dit René, quand on parle, on parle toujours de ses amis. On peut parler de quelqu'un sans le nommer. Moi, je ne nomme jamais personne.

— C'est pour me dire ça que tu es venu me voir ?

— Je ne suis pas venu te voir. Je me suis trouvé par hasard sur le pas de ta porte.

— D'où venais-tu ?

— D'un appartement petit. Un studio plutôt.

— Vide ou habité ?

— Habité. Par une femme très belle qui se matelasse pour paraître grosse.

— Tu es l'amant de la fille de Colette ?

— Je ne suis pas son amant mais je l'ai vue. Comment sais-tu qu'elle se matelasse ?

— Laurent me l'avait dit.

— Ah, dit René.

— Elle se matelasse encore, maintenant que son père est mort ?

— Oui ; après tout : je ne sais pas. C'est vrai que je l'ai croisée, sans matelas, dans la rue.

— Ah ! dit Thérésa. Et toi, comment vas-tu ?
— Je me sens devenir impuissant en amitié.
— Nous ne savons pas arranger cela.
— Je crois que je deviens méchant, dit René.
— Bon ! dit Thérésa. Pour la fille de Colette, je t'en prie, n'en parle pas à Suzanne.
— Pourquoi ?
— Il ne faut pas que tout le monde sache tout. Si tout le monde sait tout, moi, je tombe chômeuse.
— Quand le secret va, tout va ?
— Oui, dit Thérésa, tout va mieux.

L'un et l'autre plantent un silence, attendent qu'il pousse. Thérésa s'allonge sur son propre divan. Maintenant qu'elle est nue, elle dit à René :

— J'ai toujours pensé que tu saurais.
— Les autres ne savent pas ?
— Non ?
— Même Karl ?
— Même Karl.

Comment savoir. René récite son texte, celui qu'il sait par cœur. Thérésa paraît ailleurs, différente. Elle dit, du ton d'une personne qui parle au téléphone :
— Mon mari est mort, tu peux venir à la maison.
René devine qu'il doit jouer le rôle principal d'une liaison centenaire. C'est l'effroi. Il voudrait se cacher. Thérésa, si sûre d'elle. Il veut la réveiller. Son

sommeil est profond. Elle lui dit, comme au téléphone, ce qu'il pourra faire dans l'escalier.

— À qui crois-tu parler ? hurle René.

— Ah, dit-elle, c'est toi… Pourquoi cries-tu ?

René attend, la regarde : elle revient.

— Je n'ai pas l'habitude, dit Thérésa.

— Où étais-tu ?

— Qu'est-ce que j'ai dit encore ?

— Rien, dit René.

— J'ai parlé de l'habitude ?

— Oui, dit René.

— Mes habits, dit Thérésa, mes habits. Nous habitons nos habits…

— Oui, dit René.

— Nous n'habitons pas notre vie.

— Écoute, Thérésa, dit René.

— J'écoute. Parle.

— Eh bien, voilà, dit René.

Thérésa ouvre les yeux, s'aperçoit.

— Tu m'as fait mal à la tête, dit-elle.

René fait le compte des personnes déshabillées qu'il a vues ce matin et s'étonne. Thérésa et la fille de Colette le font penser à Nevers et à Rouen. Un amateur de faïence lui a dit, autrefois, qu'entre Nevers et Rouen, il y avait plus de parentés que de différences. Comme si un faïencier de Rouen avait fait venir chez lui un compagnon de Nevers, ou l'inverse. C'est encore une affaire de secrets. Concernant le bleu, sans doute. La cuisson. Les cuisses. Le bleu des cuisses. Le blanc des cuisses. Leurs motifs. Une assiette, un plat, un divan, un matelas. Et la voix de Thérésa : la voix d'une autre femme. Qui sait si la fille de Colette, dans une dizaine d'années, n'aura pas attrapé la voix d'une autre femme, captive en elle ? Qui sait si René, se dit René, pourrait parler ainsi ? Il appelle un taxi, tape du pied, veut rentrer chez lui, y rester. Y rester.

— Karl vient dîner ce soir, dit Suzanne.
— Tout seul ? ne demande pas René.

Karl n'a pas la même voix que l'autre jour. Il ne parle pas pareil. Il fait boiter ses phrases. Il dit :
— À midi, sur son divan, à côté d'une bouteille pleine, Thérésa était déshabillée encore. C'est la fille de Colette qui, dans la tête, lui trottait.

Comme s'il était nu, lui aussi, Karl se drape dans ses mots. René fait une découverte : il est clair que Karl, à l'intérieur d'une hiérarchie qu'il invente, se place en tête, nettement au-dessus de Suzanne et de René. C'est évident. René n'avait jamais pensé qu'il y avait, quelque part affiché en secret, un organigramme de l'amitié. L'égalité si nécessaire est un leurre, se dit René, un oubli, une nostalgie. Si quatre personnes sont réunies, il y en a une, au moins – parfois quatre – qui croit visiter un parent pauvre. Visiter vraiment : suivant le guide, remémorant les bons mots, les jours où, les paysages mangés ensemble, les vagues bues, les nuages conservés, les amis perdus. René regarde Karl s'enjoliver. René prend une photo.

— Qu'est-ce qui te prend ? demande Karl.

— Je la mettrai sur la cheminée, dit René.

Karl se reproche de ne pas avoir entendu venir le ridicule. Arrivé fripé, il se sent, d'un coup, fraîchement repassé. Et même un peu lustré. Cul-sec, il se redresse.

— Je t'ai blessé ? demande Karl.

— Non, dit René ; seulement, j'ai eu, pendant quelques secondes, l'envie de retrouver le plaisir que j'avais autrefois à te voir, à te parler, à t'écouter. Je n'y parviens pas. À cette époque, tu ne savais pas que tu allais devenir un petit dieu dans ton domaine.

Karl ne dit rien.

— Tu vois, dit René, si je ne retrouve pas ce plaisir, je préfère t'oublier. Mes journées sont chargées en ce moment : j'ai, dans la tête, une longue liste de choses à oublier. Chaque jour, j'en oublie deux ou trois.

— Je ne te crois pas, dit Karl.

— Moi, je me crois, dit René. J'ai mis au point une méthode. Dans un premier temps, j'écris ce que je souhaite oublier, à la première personne. Ensuite, je remplace « je » par le nom d'un ami. Enfin, j'apprends par cœur mon texte et je le récite en insistant sur le nom ou le prénom de l'ami choisi pour me remplacer.

— Ai-je eu cet honneur ? demande Karl.

— Oui. Tout ce que j'ai dit ou fait de stupide dans les six derniers mois, maintenant, c'est toi qui l'as fait ou dit. Je ne te le pardonnerai jamais.

— Pourquoi moi ?

— Parce que tu m'agaces. Plus tu deviens célèbre, plus tu es ignorant. Tu ne sais plus que toi. Tu défiles. Tu bénis les meutes. Quand tu cites Goethe, c'est pour l'honorer de ta parole. Pour que Goethe fasse partie des gens dont tu parles.

— C'est possible, dit Karl.

— Tu vois, dit René.

— Tu parles de l'amitié comme les gens parlent du désir.

— Il y a de ça, dit René. Nous nous rencontrons souvent, mais par habitude. Nous tricotons une théorie de l'amitié. Incassable. Y a pas de raison.

— Tu devrais publier ce que tu écris en cachette.

— Je n'écris pas : je parle par écrit.

— Tu devrais écrire, dit Karl. Quand tu parles, tu dis rarement plus d'une, ou deux choses à la fois. De même quand tu manges. Mais quand tu écris, aussitôt posés les premiers mots, tu vois arriver, de tous les sens, une vingtaine de significations prêtes à se bouffer entre elles. À ce moment-là, crois-moi René, tu perds ton assurance…

— C'est vrai ? dit René.

— Oui, dit Karl.

Tiens, voici Thérésa qui passe : on ne l'attendait pas.

— Karl m'avait dit, dit-elle, qu'il dînait chez vous.

Suzanne coupe en deux les tranches de melon déjà coupées en trois.

— Six tranches, dit Suzanne, c'est idiot.

Elle coupe chaque tranche en deux. Cela fait douze, divisible par quatre. Pareil pour la coppa. Karl et René n'ont plus envie de parler. Thérésa, comme ce matin, s'allonge sur le canapé puis se ravisant, s'assied. Elle se demande pourquoi Karl et René ne se parlent pas.

— Vous disiez ? leur dit-elle.

— Nous nous demandions, dit Karl, ce que préparait Suzanne.

Suzanne entre dans le parloir et pose des toasts au fromage.

— Que nous as-tu fait ? demande René.

— Un melon avec de la coppa, quelques blinis et trois tranches de saumon fumé. Trois tranches qui en feront quatre.

— Pardonne-moi dit Thérésa : j'avais envie de terminer la journée chez vous.

— Dure journée ? demande René.

— Ce matin, un beau patient s'est déshabillé devant moi, dit Thérésa.

— À ta demande ? demande Karl.

— À la sienne. À la fin, il s'est rhabillé.

— À la fin de quoi ? demande Karl.

— De la séance.

— Qu'a-t-il fait de sa nudité pendant ce temps-là ? dit René.

— Il l'a fait délirer, il m'a dit : mon mari est mort, tu peux venir à la maison.

— Je n'aimerais pas faire ton métier, dit Suzanne.

— Peu à peu, tout est rentré dans l'ordre. Je ne le reverrai pas.

— Se tenait-il en érection ? dit Karl.

— Je n'ai pas regardé, avoue Thérésa.

— Tu nous racontes des craques, dit Karl.

— Non, dit René, c'est vrai : c'était moi.

— Qu'est-ce que tu racontes ? supplie Thérésa.

— Admettons que je n'aie rien dit, conclut René.

Comme Suzanne était dans la cuisine, elle n'a rien entendu. Elle fait son entrée, l'assiette en main, avec du melon.

— Alors, dit-elle, c'est le silence ? Tiens, la fille de Colette a téléphoné. Elle passera peut-être.

Thérésa regarde les pieds de Karl. René les pieds de Suzanne.

— Si elle a dit qu'elle passerait, suggère René, c'est qu'elle ne passera pas.

— Souhaitons-le, dit Karl. Elle m'agace.

— Tu es toute rouge, dit Suzanne.

— On parlait du mensonge et de la vérité. Tu vois le résultat, dit Thérésa.

— Ici, dit Suzanne, c'est un sujet tabou.

— Pourquoi dis-tu ça ? demande l'un des trois.

— Écoute, Thérésa : l'autre jour, j'ai vu une banane dans le compotier. Depuis que nous sommes mariés, jamais une banane n'est entrée ici. Je la jette aux ordures. Le lendemain, René la retrouve, sa banane : je l'avais lancée trop fort : elle avait glissé derrière la boîte : il m'a fait une scène.

— Quel rapport a cette histoire avec la vérité ou le mensonge ? demande Karl.

— Je ne veux pas le savoir, conclut Suzanne.

— Tu m'as fait le même coup avec un voyage en Finlande, dit Thérésa à Karl.

— N'en parlons plus, dit Karl : j'avais envie du Mali.

— Quel désert ! dit René.

— Je me demande souvent de quoi parlent les ermites. Si nous vivions seuls et cachés, nous n'aurions rien à nous dire, suggère Karl.

— Mais nous ne nous parlons pas : nous parlons. Les autres écoutent. À tour de rôle, dit René. J'ai assisté autrefois, à une scène comparable. Une trentaine de prisonniers baloubas tournaient en rond. Ils avaient reçu l'ordre de taper fort sur la tête que chacun avait devant soi. Et ils exécutaient cet ordre, violemment.

— Qui leur avait donné cet ordre ? demande Karl.

— Un caporal vainqueur. Moi, je suis sergent, souligne René.

— Qui t'a ordonnné d'acheter une banane ? demande Karl.

— Je n'en sais rien : moi, peut-être.

— Cela fait deux fois que tu dis « c'est moi ». C'est trop. Qu'est-ce que tu aimes dans la banane ? demande Thérésa.

— L'idée qu'on l'épluche. L'idée que la beauté est une peau qu'il faut enlever.

— Tu rêves de m'écorcher ? demande Suzanne.

— Non, dit René.

— C'est ton *Saint Barthélémy* qui te travaille ? demande Karl.

— Qu'est-ce que c'est encore ? dit Thérésa.

— Tu te souviens du *Saint Barthélémy* de la chapelle Sixtine ?

— Non, dit Thérésa.

— Eh bien, il tient sa peau. Sa peau se drape, comme une serviette de bain. Et René croit que le *Baigneur* de Cézanne est une réplique de l'*Écorché*, dit Karl. Tu avances ?

— Non, dit René. C'est difficile.

Le lendemain, à la même heure, René attend, chez Thérésa, la sortie du client en cours. Thérésa ne paraît pas surprise en lui ouvrant sa porte d'entrée.

— Hier matin, tu m'as fait croire que tu n'avais pas entendu ce que tu avais dit : mon mari est mort, etc.

— Je me souviens toujours de ce que je dis, mais sur le moment : non.

— Et pourquoi toutes ces bêtises, hier soir ?

— Si tu ne dis rien à propos de ce qui est arrivé, tu deviens suspect.

— C'est l'envers du secret. Tu mens en ta faveur ?

— Je n'ai pas exactement menti, dit Thérésa. Je m'adressais à toi. Tu as reconnu le refrain. Mais toi, pourquoi as-tu dit que c'était toi ?

— Par envie de te contredire. Pour te faire taire. Pour emmerder Karl.

— Il ne t'a pas cru.

— Nous sommes donc hier, aujourd'hui ?

— Tout à fait. Inutile de recommencer. Au fond, si j'ai parlé, avant le dîner, c'était pour avoir un peu de charme. J'en ai peu. Je perds assez vite mes amis, dit Thérésa.

— Tu es belle, mais tu es bête.

— Alors ?

— Je ne reviendrai pas demain.

Le client suivant est un aveugle. Il sait lire, avec ses doigts, dans la boule de cristal que Thérésa lui prête. René hausse les épaules et ne prend pas l'ascenseur. Descendre à pied lui fait du bien. Dehors, aujourd'hui est revenu. On se croirait avant-hier. C'est hier qu'il faut oublier.

Le lendemain, à la même heure, René attend, chez Thérésa, la sortie du client en cours. René veut jouer au client, justement. Thérésa refuse. Ils parlent de choses et d'autres en attendant le suivant. C'est un petit garçon qui a une mauvaise habitude : il casse ses jouets, et les revend aux amateurs. Ses parents connaissent les amateurs : ils se méfient.

À la librairie, Suzanne rencontre la fille de Colette, matelassée.

— C'est drôle, dit la fille de Colette, hier j'ai vu René. Il ne te l'a pas dit ?

— Si, dit Suzanne.

— Il t'a dit quelque chose ?

— Non, dit Suzanne.

— Ah, bon, dit la fille de Colette.

— On ne voit plus ta mère ? s'inquiète Suzanne.

— Elle est allée à Laguiole, pour acheter un couteau. Tu as lu ce bouquin-là ?

— Il y a longtemps.

— Il vient de paraître.

— J'ai lu le même, en tout cas. Viens dîner, on fera un gigot, dit Suzanne en partant.

Elle n'a rien acheté : elle ne supporte pas qu'une amie sache ce qu'elle voudrait lire. Du bar de l'Espérance, elle guette la sortie de la fille de Colette. Maintenant, elle peut choisir un livre. La fille de Colette a pris un bouquin : *Comment maigrir en huit jours.* Elle le gardera sur elle, quand elle viendra dîner. Si elle vient. Parce que Suzanne l'agace. Pourquoi lui a-t-elle dit que René le lui avait dit ? (Ce n'était pas une chose à dire.)

Négligent, René n'a pas réparé l'horloge. Par chance, en cherchant ses chaussures, il trouve une ficelle. Ça va être vite fait.

Pas du tout, on sonne. C'est Nicole. Elle vient reprendre une cassette qu'elle avait prêtée à Suzanne, la dernière fois.

— Au diable la cassette ! dit René. Où est-elle ?

Patiente, Nicole s'assied, son appareil sur les genoux. René monte sur une chaise, pour trouver la cassette. Nicole fait une photo.

— Tu m'emmerdes, dit René, on les voit jamais tes photos.

— Je ne les fais pas développer, dit Nicole, ça coûte trop cher.

— Tu conserves les pellicules ?

— Certaines.

— C'est chez toi que j'ai rencontré Suzanne. Tu as pris une photo du dîner. J'aimerais bien la voir.

— Je me souviens, dit Nicole, il y avait Laurent.

— Laurent était là ?

Revenant d'une revue, Suzanne entre chez elle :

— Nicole ! dit-elle.

— Ça va ?

— Ça va.

Le nœud est fait : l'horloge a retrouvé son poids. René est fier.

— Je me demande ce que j'ai pu faire de cette cassette, dit Suzanne.

— Elle reviendra, dit René, ne t'en fais pas.

— J'ai dû la prêter à Thérésa, dit Suzanne.

— Encore ! dit René.

— Quelle heure est-il ? Six heures ?

— Exactement, dit René, admiratif.

Avant de regarder sa montre, Suzanne sait l'heure qu'il est. Toujours. Par prudence, elle vérifie. Parfois, Suzanne retarde d'une minute ou deux : pas plus.

— Il ne suffit pas de crier au secours, dit Karl, pour être un écrivain. Moi je n'ai jamais appelé personne à mon secours. Par prudence. Par tactique. Par peur.

— Tu es donc un écrivain, dit René ; mais tu as peur ?

— Constamment : comme si j'avais perdu l'usage de moi-même. Le bon usage. On ne s'use même plus.

D'abord consternée par cette dernière nouvelle, Thérésa finit par la trouver flatteuse.

— Tu crois, demanda-t-elle à Karl, qu'on ne s'use plus ?

Karl confirme, un bon sourire entre les lèvres.

— Mais pourquoi, s'énerve Suzanne, dites-vous toujours ON, tous les deux ? Tu ne peux pas dire JE ou IL, comme tout le monde ?

— Écoute Suzanne, dit Karl, j'ai mes raisons : ON n'est pas toujours pratique. Quand j'ai l'occasion de pouvoir dire ON, je le dis.

— ON n'est pas toujours pratique ? s'irrite Suzanne.

— Non, répond Karl. Si je te disais : il est mardi, on est minuit, tu te demanderais ce qui se passe.

— Est-ce la faute de ON ou la faute de IL ?

— Je crois que c'est nous qui fautons, par habitude.

— Je m'en fous, dit Suzanne. Thérésa n'a pas beaucoup parlé ce soir. Moi non plus. Je crois qu'un jour, ON vous fera bouffer nos silences. Je vais me coucher. J'ai décidé d'apprendre la danse, par correspondance. Je commence demain.

— Suzanne est fâchée ? demande Karl.

— C'est normal, dit René. On l'emmerde : on parle à sa place.

— Moi, je m'en fous, dit Thérésa, vous me faites rire.

— Tu oublies, dit Karl, ce que tu inventes quand je t'agace.

— Ce que j'invente est sans danger, affirme Thérésa.

— La dernière fois, dit Karl, tu as écrit à dix amis ; tu as mis, sur l'enveloppe, l'adresse de chacun d'eux, puis tu as battu les enveloppes, comme on bat les cartes à jouer et tu as mis, au hasard, les yeux fermés, une lettre dans chacune. Résultat ?

— Je me suis brouillée avec cinq couples, mais j'ai conservé les cinq autres : ceux qui ont ri, dit Thérésa.

Suzanne et René vont rarement dîner chez leurs amis. Aujourd'hui, Karl et Thérésa sont arrivés en même temps. Ils devaient donc être ensemble. Karl a même pris la précaution d'avoir, en main, un bouquet de roses.

Aujourd'hui, le melon est plus gros que la dernière fois. Les tranches de coppa sont plus nombreuses. Il y avait de la fleur dans l'air. Le melon fini, Karl commence :

— Sur la route, quand je pressens un danger, je ralentis, mais, dit Karl, c'est idiot : avant de freiner, je débraye. C'est une mauvaise habitude que j'avais déjà tout petit.

— Tout petit, tu débrayais souvent ? rit Suzanne.

— Oui, dit Karl : mon cerceau. Quand j'en avais envie, je courais plus vite que lui et je l'attendais. Quand il arrivait devant moi, je le frappais à l'envers, pour renverser sa direction. Eh bien, pendant que je l'attendais, je débrayais. À mon avis, comme tu dirais.

— Moi, je ne sais pas conduire, dit Thérésa poliment.

Les fleurs ont été mises en vase. Le vase est posé au centre de la table. Personne ne voit son vis-à-vis. C'est la première fois. On parle donc à l'aveuglette. Suzanne ose dire :

— Je ne sais pas ce qu'est un cerceau.

— Ce que tu peux être jeune ! dit Karl. Un tonneau, tu connais ?

— Oui, vaguement.

— Imagine un tonneau coupé en deux dans le sens de la longueur. Bien. Supposons que tu le coupes en tranches, comme s'il était un saucisson.

Un saucisson vide, naturellement. Supposons que chaque tranche ait un centimètre de large. D'accord ? Eh bien, tu auras autant de cerceaux que tu auras fait de tranches. Autre chose – l'essentiel – on le faisait rouler en le frappant d'une baguette. Jouer au cerceau, c'était faire l'apprentissage de l'équilibre en mouvement. Dessine-moi un cerceau, veux-tu ?

Suzanne dessine un tonneau, qu'elle coupe en tranches à l'aide d'une paire de ciseaux.

— Voilà ! dit Karl heureux.

Il n'a pourtant devant lui qu'une paperole étroite et longue.

C'est Roberte au téléphone, la femme de Robert. Elle dit que Laurent s'est suicidé : on l'a trouvé roué de coups et pendu.

— Ça ne m'étonne pas, dit René : le faire-part m'avait paru bizarre.

Roberte dit que René avait raison ; que le faire-part avait mis les gendarmes sur la piste ; que la dame qui annonçait la mort dans le journal était celle qui avait aidé Laurent à se pendre, après l'avoir roué de coups.

— Tu la connais la dame, dit Roberte à René : c'est la tante de Brossard. Les gendarmes l'ont arrêtée sur la tombe de Laurent. Elle venait l'astiquer tous les jours.

La tante de Brossard, René se souvient d'elle. Il l'a vue un jour. Un jour, il y a longtemps. Roberte ne connaissait pas encore Robert. Ils étaient tous les trois en promenade du côté de Fécamp, ou de Dieppe. Suzanne, René et Roberte. Roberte était folle du paysage.

— Il faudrait avoir une maison ici, a dit Suzanne.

— Oui, une maison ! avait crié Roberte. Une maison avec des fenêtres. On pourrait voir les gens faire ce qu'ils font.

Sur la place, il y avait un banc. Un homme y était assis.

— Une maison ? a-t-il répondu. Une maison ? Prenez la mienne. Moi je vais m'en aller. Ma femme est partie devant. Je m'appelle Bernard.

Sa maison, c'était le Dépôt de pain. Il y avait un comptoir pour ceux qui avaient soif et, au loin, un piano. Dans la cour, derrière, était garé le fantôme d'une Juva-quatre bleue : celle de l'instituteur décédé. Bernard nous a vendu sa maison : un franc.

— Un franc, a dit Bernard, mais vous gardez la Tante, la tante de Brossard. C'est une artiste : elle a les mains qui remuent. Elle pétrit. Elle pétrit ce qu'il y a dans ses poches. À l'aveuglette. Il en sort des têtes à faire peur. Des épouvantails petits. En général, elle refuse de les vendre. Quand elle en vend un, elle en garde la moitié. C'est son droit. Je vais lui dire que la maison est à vous. C'est elle qui connaît Brossard. Moi, dit Bernard, je ne l'ai jamais vu. Il n'est pas souvent là.

Bernard est parti le soir même. Il allait rejoindre Aniline, sa femme partie devant. Et nous, le soir même, nous sommes restés. La Tante n'a rien dit. Que nous soyons devenus les propriétaires du Dépôt de pain ne lui a fait ni chaud ni froid : la Tante n'a jamais habité chez elle. Les maisons, pour elle, sont des pays, des paysages avec un toit. Elle ne sait pas que le moindre brin de paille appartient à quelqu'un.

Le soir même, nous avons pelé des pommes de terre et la Tante nous a regardés. Elle a trouvé que nous nous y prenions bien. Nous n'avons pas su ouvrir le gaz. La Tante a dit qu'elle n'avait jamais ouvert le gaz. Quand Suzanne a posé le plat sur la table, la Tante a détourné les yeux, la vue d'une personne qui mange l'ayant toujours exaspérée. Au fond, la Tante n'aime pas les gens : elle attend qu'ils changent. La Tante a pris un journal. Nous lui avons demandé s'il y avait du nouveau. Elle a répondu qu'elle ne savait pas lire. Comme la nuit prenait son temps pour tomber, le soir même nous sommes rentrés chez nous. Nous avions perdu un franc. Mais Roberte a voulu donner son adresse à la Tante. Deux ans plus tard, la Tante est arrivée chez elle. Roberte, alors, vivait avec Laurent. Quand Roberte a quitté Laurent, elle lui a laissé la Tante pour le ménage. C'est tout ce que je sais, se dit René.

Dans le bureau de la gendarmerie, la Tante n'est pas désorientée : il y a, sur le mur, la photographie d'un gendarme défunt au volant d'une Juva-quatre bleue. Le gendarme qui va l'interroger est un homme jeune. La Tante le trouve beau et le lui dit. Elle lui touche la main. Le gendarme recule : on en vient aux faits.

— Mon gentil monsieur m'a demandé de le battre. Je l'ai battu. Ensuite, il a voulu se pendre. Je l'ai aidé.

— Quels étaient vos rapports avec lui ?

— Je faisais son ménage.

— Quand il vous a demandé de le battre, qu'avez-vous dit ?

— Je l'ai battu.

— Était-ce la première fois ?

— Je ne l'aurais pas fait deux fois. Mais c'est lui qui s'est pendu.

— Comment l'avez-vous aidé ?

— J'ai fait le nœud. J'ai mis le tabouret dessous. J'ai aidé le gentil monsieur à monter sur le tabouret, mais c'est lui qui a donné le coup de pied.

— Vous n'avez pas pensé à appeler quelqu'un ?

— Qui ?

— Un médecin, par exemple.

— Le gentil monsieur n'était pas malade.

— On ne doit pas aider quelqu'un à mourir.

— Je ne savais pas, dit la Tante.

— Je voudrais comprendre, dit le gendarme à Roberte qui se trouve, assise, devant lui. Laurent, d'après son press-book, était un homme vif. Il a occupé des postes importants dans un domaine sans hiérarchie. Or nous voyons cet homme vif se faire battre et pendre par une femme âgée qu'il pouvait renverser d'une pichenette. Je ne comprends pas, dit le gendarme.

— Monsieur, dit Roberte, j'ai connu plusieurs hommes vifs. Ces gens-là pratiquent l'inquiétude. Quand la Tante est arrivée – par ma faute : c'est moi qui lui avais donné mon adresse –, Laurent était content : il aurait chez lui, sous la main, quelqu'un pour lui donner tort.

— Comment étiez-vous logés ?

— Nous avions une cuisine, deux pièces et une salle de bains.

— Laurent savait que nous n'aviez que deux pièces ?

— Il ne le savait pas, à proprement parler. À mon avis, il s'en doutait. Mais il n'a pas dit à la Tante d'aller ailleurs. Il a dit : « la Tante dormira dans la salle de bains ».

— Et vous ? Qu'avez-vous dit ?

— J'ai dit : et quand nous aurons besoin de la salle de bains ? Laurent m'a répondu : « Nous devrons l'avoir prévu. Lorsque nous aurons décidé d'avoir besoin de la salle de bains, la Tante dormira sur le palier. Nous avons un paillasson, que je sache ! » La Tante a dit qu'elle était d'accord.

— Et vous ?

— Moi, non. Et, par ma faute, la Tante a pris l'habitude de dormir sur le palier. Robert – un voisin – trouvait ça drôle, mais les autres se plaignaient : ils n'aimaient pas, remontant chez eux, croiser une femme sur un paillasson.

— Et la Tante ?

— Elle a cru que je lui interdisais la salle de bains. Alors, un matin, elle a proposé à Laurent de lui faire sa toilette. Elle l'a brossé, récuré. Laurent était content. J'ai laissé faire.

— Pourquoi, d'après vous, Laurent était-il content ?

— Par besoin de céder. Pour voir ce qui arrivait quand on cédait. Je crois. Là-dessus, arriva Odile, une cousine anglaise. J'avais promis à sa mère de l'héberger. C'est une merveille, cette fille. Yeux verts, cheveux roux. Une peau de porcelaine, translucide. À croire que son sang est blanc. Avec des étoiles de rousseur. Bref, nous étions quatre, dans deux pièces. Laurent n'a pas voulu faire partir la Tante. La Tante voulait rester, s'est mise à me détester, à me dire du mal de Bernard. J'avais donc donné mon adresse à quelqu'un qui n'aimait pas Bernard !

— Qui est ce Bernard ?

— L'homme qui m'a donné le Dépôt de pain.

— Je note, dit le gendarme.

— Et la Tante s'est mise à parler de Brossard, toute la journée ! Brossard est son neveu, soi-disant. Un drôle de type. Il a fait fortune en Afrique. Il sait faire rire les chiens. Des folies. Au lieu de se fâcher, Laurent était ravi : il voulait connaître Brossard, devenir son disciple, son domestique. Et puis, l'heure de la toilette arrivant, les voilà tous les trois dans la salle de bains. La Tante les brosse, les récure, tout en citant Brossard.

— La petite anglaise était-elle nue, dans la baignoire ?

— Absolument.

— Et Laurent ?

— Absolument.

— Que faisaient-ils d'autre ?

— Rien : ils jouaient au savon.

— Et vous ?

— Moi, je suis partie. Je suis allée m'installer chez Robert, le voisin qui riait. J'y suis encore.

— Ensuite ?

— Je ne sais pas, dit Roberte.

— Il m'est arrivé, dit le gendarme, d'acheter à des camelots des petits appareils pour couper en tranches les œufs durs. Ces mécaniques ne marchent jamais bien. Vous parlez des personnes de votre entourage comme je parle, moi, de ces petits appareils.

— Laurent n'était pas comparable à un petit appareil. Il était toujours enveloppé, c'est vrai. Mais de tweeds, des tweeds qui étaient un potager de couleurs...

Roberte éclate en sanglots. Au même moment, un petit chat gratte à la porte du bureau. Le gendarme le fait entrer. Apercevant Roberte, le petit chat se hérisse et grogne.

— Il faut l'excuser, dit le gendarme : il déteste les civils. Ses maîtres se sont tués en voiture : c'est nous qui l'avons sauvé.

Le chagrin de Roberte redouble.

— Le suicide, dit le gendarme, est une question importante : Laurent avait-il des opinions ?

— Il méprisait ses opinions, dit Roberte.

— Des certitudes ?

— Il était plutôt silencieux. Il se méfiait de ce qu'il allait dire. Il écoutait volontiers, pour parler le moins possible. Ses paroles lui faisaient peur. La Tante aura été un jeu, pour lui. Il n'avait pas de chance au jeu. D'ailleurs, il ne jouait jamais.

— Moi, dit Thérésa, voici ce que j'ai compris. Laurent était un type normal : il ne se trouvait pas normal. J'ai mis du temps à comprendre ce qui l'attristait : il se croyait privé d'imagination. Il me disait : « quand je rêve, la nuit, j'imagine. Mais le jour, non. Le jour, toutes les scènes que je me raconte, je vois bien qu'elles ne sont pas réelles. Quand on prétend imaginer une scène, on doit la voir tout à fait et oublier qu'on la voit. » D'où l'ambition qu'il a eue d'apprivoiser la nuit. Vieille histoire. Il s'est mis à dormir vingt heures par jour. À dormir vingt heures, on ne dort plus tout à fait. Il n'arrivait pas à voir ce qu'il imaginait, mais il réussissait à *entendre,* comme si elles avaient été dites pour lui, les petites phrases de Brossard que lui citait la Tante. Par ce biais, Brossard est devenu présent en lui, toujours avec la même voix.

— Brossard avait la voix de la Tante ? demande Karl.

— Non, c'était une voix d'homme que Laurent croyait connaître. Il ne l'a jamais identifiée. Une voix qui lui plaisait. Dans le même temps, Laurent se laissait curer et récurer par la Tante. Dans le même temps, la petite anglaise acceptait le même sort. Laurent et Odile étaient comme deux enfants, dormant, mangeant et faisant leur toilette, la Tante veillant sur eux, les surveillant. Laurent ne voyait pas, m'a-t-il dit, comment tout cela finirait. Il n'avait aucune envie de la petite anglaise, ni d'aucune autre.

— Je suis surprise, dit Thérésa à René, qu'il ne t'ait jamais dit un mot de tout cela.

— La dernière fois que je suis allé chez lui, dit René, c'était deux mois avant sa mort. La Tante était là. La petite anglaise aussi : elle mangeait.

René ne termine pas sa phrase : il ne dit pas : une banane. Il se remémore ce souvenir à l'instant, s'en émeut.

— Je crois bien, poursuit René, que Laurent n'a rien dit. Il était fatigué, énervé mais souriant. Je n'ai pas le temps de parler, m'a-t-il confié. J'avoue, dit René, que la petite anglaise, éclairée comme elle l'était, ne ressemblait pas à une jeune fille véritable. Je suis parti, je les ai laissés : j'avais l'impression d'entrer dans le rêve d'une personne qu'on ne connaît pas. Deux fois, par la suite, Laurent m'a donné rendez-vous dans un café. Il est venu, ne m'a rien dit. Il souriait. Deux fois encore, il a téléphoné, n'est pas venu, prétextant un examen à faire.

— Moi, dit Thérésa, je l'ai vu la veille de sa mort. Il savait que ce jour-là était la veille de sa mort. Le matin, Brossard était passé. Il n'avait pas la voix que Laurent lui avait prêtée. Brossard n'a rien dit d'un peu intéressant. La petite anglaise a voulu partir avec lui. Laurent s'est retrouvé avec la Tante. Il a voulu tuer Brossard en lui, comme on peut vouloir tuer son ver solitaire. Avec une corde.

— Il faudra, dit Suzanne, demander à Nicole une photo de Laurent.

— Oui, dit René.

C'est Roberte au téléphone. Brossard a ramené la petite anglaise. Il faudrait la loger : elle pleure. Suzanne regarde René :

— On pourrait la prendre, dit-elle.

— Non, répond René.

— Il faudrait retrouver la voix, dit Karl, que Laurent prêtait à Brossard.

Silence.

— Laurent ayant mis fin brutalement à son analyse et moi n'ayant rien fait pour l'en empêcher, nous avons l'un et l'autre, une dette envers vous, dit Thérésa.

— Tu ne pourras jamais nous rembourser, dit René. Je crois, plus simplement, que tu n'es pour rien dans ce qui s'est passé. Tu en sais trop : c'est tout. Il faut t'y faire. Le coupable, s'il y en a un, est l'ivrogne dont parle Flaubert dans une lettre. Cet homme avait un ver solitaire qu'il haïssait : il s'est pendu pour le tuer. Tu as fait – à ton insu – le rapprochement. Laurent avait marqué la page où se trouve cette lettre, en insérant à côté d'elle, dans le volume, un texte haut et court de Baudelaire : *La Corde.* Il y est dit comment s'est pendu l'enfant modèle de Manet. L'enfant aux cerises et le vieil homme au ver solitaire étaient, pour Laurent, deux morts intimes dont le deuil n'était pas faisable. Quand ce qu'on a lu devient vécu, personne n'est coupable.

— Tu as raison, dit Karl.

— Je veux bien en finir, avoue Thérésa.

— Tu ne peux pas, dit René. Tu parles trop et tes clients te parlent. Quelqu'un devrait écrire.

C'est Roberte au téléphone : la Tante sort demain. Où la mettre ?

— Ah, non, dit René. Où est la petite anglaise ?

— Chez la fille de Colette, dit Suzanne, aussi grosses l'une que l'autre.

— Quoi ? dit René.

— Matelassées, dit Suzanne. Et alors : la Tante ?

— Je l'accompagnerai jusqu'au Dépôt de pain, dit René.

— J'irai avec toi, dit Karl.

— Prenez un peu de linge, dit Thérésa. Pour le cas où vous resteriez là-bas.

Dans la voiture, la Tante lit réellement le journal : on lui a tout appris, en prison : à lire, à écrire, à aimer son prochain. C'est une autre femme. Elle ne fait plus de têtes.

Lorsqu'ils arrivent, c'est la surprise. Le Dépôt de pain est devenu une auberge à piscines. Sur le piano, il y a des fleurs, au loin. L'hôtesse est enchantée : elle cherchait quelqu'un pour lui faire la lecture. La Tante ne demande pas mieux. Karl et René s'en vont, le soir même.

— Tu ne crois pas, dit Karl à René, qu'on devrait tous déménager ?

— Elle nous retrouverait, dit René. Écrivons-lui : nous mettrons, au dos de l'enveloppe, des adresses inexactes. Maintenant qu'elle sait lire, nous saurons l'égarer.

—

Journal de René (extraits)

La Tante va-t-elle prendre sa revanche ? Ce que l'hôtesse se fait lire : des romans libertins, des livres pieux, le catalogue de l'argenterie de S. A. Royale. Tous ces livres sont rangés dans le même panier. L'hôtesse voudrait réparer la Tante : elle lui a donné une chambre mignonne, avec douche et poutres. Elle lui a offert des pantoufles, façon peau de cygne. Par légende, elle connaissait la Tante.

Comment l'hôtesse est-elle arrivée ici ? Un coup de cœur ? Non. L'hôtesse serait la propriétaire du Dépôt de pain. Elle le tiendrait de son oncle, mort, il y a prescription. Par testament et pendant trente ans, le Dépôt appartenait à qui le voulait. Ce temps est passé. Avant d'être ici, l'hôtesse tenait un salon de coiffure en Afrique. Elle y maintenait la présence des bigoudis. Cette hôtesse n'a aucune importance.

Ancienne alcoolique, elle boit beaucoup d'eau. Ayant plusieurs idées médicales, elle craint de mourir d'une maladie nouvelle, encore inconnue, que l'on attrapera par l'ozone. Les personnes constipées, dit-elle, sont des personnes qui ont peur de se déféquer. Son auberge marche plutôt mal. La Tante trouve la nourriture délicieuse.

La petite anglaise et la fille de Colette. Ce couple meurt d'envie de nous être sympathique. Il pourrait le devenir s'il guérissait d'une maladie juvénile : le fou rire. Comme sans le vouloir, et plusieurs fois dans un quart d'heure, les deux filles se regardent et, aussitôt, éclatent d'un rire dont elles ne peuvent pas se défaire, rendent ainsi risible ce qu'elles voient : une fleur, un arbre, un oiseau. Comme si la fleur, l'arbre ou l'oiseau étaient des personnes déguisées. Des déguisements de l'être.

Il se trouve que la fille de Colette est, rappelons-le, la fille de Laurent. Or la petite anglaise a été, en même temps que Laurent, la chose de la Tante. Laurent est donc, même mort, entre elles deux.

Mais la petite anglaise sait-elle que la fille de Colette est la fille de Laurent ? NON. Pas encore. Elle le découvrira un jour, comme un enfant découvre qu'il a été adopté. Le fou rire, alors, passera. La petite anglaise essaiera la jalousie. À mon avis, dirait Suzanne.

Il me paraît normal, croit René, que René ait envie d'aller voir exprès la fille de Colette et la petite anglaise. Mais quand ?

Karl et Thérésa. Thérésa a beaucoup donné, déjà. Elle est courbatue depuis la mort de Laurent. Elle en veut à Karl de ne pas l'avoir aidée. Toute l'angoisse de Thérésa tient dans le verbe aider.

Karl, lui, est comme neuf. Colette l'est aussi, mais elle est encore à Laguiole. Quel couteau choisir ?

Il est clair qu'aucun inconnu ne sera accepté dans cette petite histoire (Brossard n'est pas un inconnu).

Donc : Karl. On ne sait pas bien ce qu'il fait, celui-là. Écrivain-architecte ? Architecte-écrivain ? Micro-plasticien ? Karl, sans le savoir, a vécu l'échec de Thérésa comme Emma Bovary a vécu l'échec du pied-bot. Mais à l'inverse : Karl a été touché par Thérésa et, partant, déteste tout le monde, sauf Suzanne et moi, écrit René. Karl aime beaucoup Suzanne, mais, note René, aucun désir ne les relie.

J'allais oublier Robert. Oublions-le.

—

— C'est Robert au téléphone, dit Suzanne.

— J'ai vu Nicole, dit Robert à René : elle m'a donné une photo pour toi.

René hausse les épaules.

— Tu ne trouves pas ça drôle, dit Suzanne, que nous n'ayons pas d'enfant ?

— Qui ça nous ?

— Nous, d'abord ; Karl et Thérésa ; Roberte et Robert.

— C'est vrai, dit René. Les enfants que nous connaissons, il y a bien seize ou dix-huit ans qu'ils sont nés. Est-ce la première fois que tu y penses ?

— Non, dit Suzanne. J'ai retrouvé la cassette de Nicole.

— Sur ce sujet ?

— Non, dit Suzanne.

C'est vrai, se dit René, personne ne dira jamais de quelqu'un : c'est le fils de Suzanne ou : c'est le fils de René. Nicole, non plus, n'a pas d'enfant.

Tout en allant chercher sa photo, René regarde à droite et à gauche : beaucoup de voitures, pas un enfant. Si ! en voici un, si petit que René a failli le piétiner. Il le prend dans ses bras. Le gosse a peur, crie. René le rend à sa mère. L'enfant rit. C'est bien de rire quand on retrouve quelqu'un, se dit René.

Personne ne sait que Colette et Brossard vivent à Laguiole, un amour plus que parfait, plus que présent. Ils se sont rencontrés le jour où Brossard est venu chez Laurent. Colette y passait, inquiète. Elle a vu la petite anglaise et la Tante. Elle est repartie, mais Brossard avait eu le temps d'apprendre où elle dormait, à Laguiole. L'érotisme n'est pas ce que l'on croit. Colette et Brossard jouent à se deviner, comme deux jeux joueraient sans joueurs. Sans risquer la moindre carte. Sans plis à faire. Sans l'idée de gagner. L'envie est ailleurs : savoir. Connaître les cartes de l'autre. Ne pas en profiter. Ne pas les redouter. Une seule distribution. Pas de parties. Et surtout, pas de belle. Conserver son jeu pendant des années. Mais comment deviner celui de l'autre sans perdre une carte ou deux ? Car le talon est là : ce tas de cartes qui ne sert à personne. C'est un rêve, évidemment. Plus tard, quand ils seront fatigués, peut-être se partageront-ils le talon ? Ils n'auront, alors, plus rien à deviner. Brossard et Colette espèrent mourir avant la répartition du talon. Rira bien qui mourra le dernier, disent les voisins. Ils se trompent, les voisins.

— Qu'est-ce que j'apprends, dit René : Colette et Brossard sont à Laguiole, ensemble, tous les deux !

— On dirait que tu cherches un couple, dit Thérésa.

— C'est possible, dit René : un couple d'amis.

— Ne le sommes-nous pas ? demande Karl.

— Vous n'êtes pas tout à fait un couple : vous n'avez pas d'enfant.

— Vous non plus, dit Thérésa.

— Nous allons en avoir un, dit René.

— Vraiment ? dit Suzanne. Et si je ne veux pas ?

— Il n'y a pas de raison, susurre René.

— Ce sera un enfant tardif, dit Thérésa.

— Moi, dit Karl, je trouve que c'est une bonne idée.

La fille de Colette apprend qu'elle va avoir une petite sœur.

— Je serai son parrain, dit-elle.

La petite anglaise éclate de rire, mais seule.

Thérésa, se sentant déjà mère, essaie de se changer. Tout ce qu'elle croyait, elle le jette ou le dépense. Karl s'est remis aux mathématiques, pour plus tard. Suzanne reste pareille. René apprend à chanter. Roberte et Robert ne sont pas en reste. L'hôtesse adopte un petit anglais. Nous sommes sans nouvelles de Nicole.

— Et cette photo, au fait ? demande Suzanne.

René la lui montre. On voit Colette nue au premier plan, nette. Derrière elle, au loin, on reconnaît Laurent et Suzanne. René est aux pieds de Colette, admirateur.

— Elle était jolie, dis donc ! dit Suzanne.

— Je ne m'en étais pas aperçu, dit René.

— On ne le dirait pas : regarde-toi sur la photo.

— Effectivement, dit René.

— Tu aurais pu vivre avec elle.

— Oui, dit René. Que veux-tu que je dise ?

— Je voudrais que tu dises pourquoi tu ne vivais pas avec elle.

— Je n'en sais rien. Demande à Nicole.

Nicole a oublié. Elle a pris la photo. Il ne faut pas trop lui demander. Elle a tellement pris de photos. Si on insiste, elle va la déchirer. Puis la mémoire lui revient : Colette vivait avec Laurent à ce moment-là. René ne connaissait personne. C'était la première fois qu'il venait chez elle.

— Il t'a raccompagnée chez toi, dit Nicole à Suzanne, ce soir-là.

— Ah, dit Suzanne.

Un faire-part collectif paraît dans le journal :

Thérésa et Karl,
Suzanne et René,
Roberte et Robert,
ont le plaisir de vous annoncer la naissance de :
Dora,
Gustave,
Rodolphe.

La Tante lit le faire-part et tricote. L'hôtesse est émue. La Tante lui raconte sa propre naissance, son premier cri. C'était le soir. Elle avait peur : elle ne connaissait pas sa mère. Elle a senti une odeur bizarre. Une côtelette de mouton cuisait sur le gril. Quelqu'un criait, au loin. Depuis, rien n'a changé. L'odeur est restée. Le cri est là, dans le bleu de l'oreille. Au début, à l'église, l'odeur passait, le cri s'atténuait. Mais le mieux ne tenait pas. Un jour quelqu'un lui a dit : appareil ou pas, tous les gens sont des photographes ; ne te laisse pas regarder. Depuis, quand on lui parle, elle tourne la tête. Enfin, plus maintenant. Maintenant qu'elle sait lire, elle ne croit plus aux balivernes. Elle prend la plume pour féliciter Roberte. Mais l'odeur est toujours là, coupant l'appétit. La Tante se rappelle la prison comme une école : le bruit de la craie sur l'ardoise, le bruit des clefs dans la serrure. Les connaissances qu'elle y avait faites : une Coréenne du Nord dont elle attend des nouvelles, un turfiste qui droguait les chevaux, même un notaire. Les prisonniers du monde entier ne se connaissent pas, mais, quand on est en prison, on sent le poids de leur nombre, leur importance : un grand mouvement de foule dans lequel on est pris. Le tabouret, le nœud coulant l'avaient mise de côté : du côté des gens riches. On lui avait donné une quantité d'adresses utiles. On lui avait appris le nom de bonnes marques de café, de voitures, de robes, de montres, de selles, de cravaches, de pipes, de romans. La Coréenne du Nord faisait des fausses factures : elle était élégante. Son avocat l'était aussi. Il venait la voir souvent. Il jouait aux courses avec elle, gagnait, adorait la musique, tous les arts. L'avocat de la Tante avait été commis d'office. C'était un fils de paysan dévoyé. Mal habillé, sale comme un capucin. Il avait raconté son enfance à lui, pour la faire acquitter. Elle le détestait. C'est ainsi qu'on s'éduque. La lecture en plus : on sait ce que pensent les gens. Aussitôt après : on sait ce qu'on doit penser de ce que pensent les gens. C'est amusant. Tout ce décor de têtes qu'elle ne reverra plus. Comment s'en consoler ? Quand la Tante lui raconte ce moment de sa vie, l'hôtesse écoute et sourit. L'hôtesse connaît les avocats. Elle en a coiffé un. Il se faisait poudrer. Après la coupe, il nettoyait ses petites poches. Il avait peur de partir avec des cheveux qui n'étaient plus à lui. C'était un homme honnête, marié. L'hôtesse réunissait les cheveux coupés et lisait, dedans, l'avenir de l'avocat. Un bel avenir, tout frisé. Certes, dit la Tante, il y avait des pauvres en prison, des malheureux, mais je ne les regardais pas. Quand on a bien connu sa maison, on ne voit pas celle des autres. Ce qu'on voit bien, c'est la malchance. La malchance des riches. La Coréenne du Nord, par exemple. Elle vendait cher des faux tableaux. Pour sa défense, elle a dit : je ne savais pas qu'il y en avait des vrais. Moi, dit la Tante, je l'aurais acquittée. Ce disant, elle fouille dans ses poches, n'y trouve rien à pétrir, se sent devenir plus bête qu'une bête, pleure. L'hôtesse voudrait la consoler.

La Tante décide d'écrire à René. Elle serait contente, écrit-elle, si, à l'occasion de toutes ces naissances, on voulait bien cesser de lui en vouloir. Car, et c'était bien la première fois, elle avait envie d'être en bons termes avec les personnes qu'elle connaissait peu. Certes, la mort de Laurent avait été fâcheuse, mais toutes ces naissances en étaient finalement l'heureuse conséquence. J'espère, écrit la Tante, une réponse ou une visite.

Au dos de la lettre, la Tante avait écrit, comme pour elle-même : les personnes que j'ai bien connues, je les garde au-dessus de moi, comme des planètes prêtes à se casser.

Qu'une vieille folle ose rapprocher la naissance des uns et la mort de l'autre, voilà qui révolte René. Il se sent prendre feu. Il ne montrera cette lettre à personne. Mais il l'a lue. La Tante est une planète lourde à soutenir. Que faire d'une lettre qu'on ne fera lire par personne ? On peut la brûler. On ne peut pas l'oublier. Il la met dans sa poche, en attendant. Il sort, remonte chercher l'enveloppe, ne la trouve pas, la trouve, la met dans sa poche, l'en retire, glisse la lettre dedans, la remet à sa place : dans sa poche. S'il ne lui répond pas, la Tante va écrire à nouveau. Il faut comprendre ça. On ne peut pas la pendre, tout de même. Y aller seul ? Lui faire bouffer sa lettre ? Non. Alors : oublier cette lettre ? La méthode ne vaut que pour soi, pour ce qu'on a fait. La méthode ne vaut rien pour les autres. Ou alors : faire oublier à la Tante qu'elle a écrit cette lettre ? Faire changer le sens de cette lettre dans la tête de la Tante ? En lui répondant que personne ne lui en veut et, qu'en conséquence, elle n'est pour rien dans toutes ces naissances. Non, se dit René : elle comprendra de travers ; elle croira que je la remercie d'avoir fait le nœud coulant. Merde. René se sent naturellement porté vers le studio de la fille de

Colette. Mais il n'y a personne. Un mot collé sur la porte dit : nous sommes au Dépôt de pain. Elles y sont parties il y a une semaine, dit la concierge, pas mécontente. La Tante a donc écrit cette lettre en présence de la fille de Colette et de la petite anglaise. Ou en cachette ? Peut-être leur a-t-elle lu la phrase sur les enfants ? René entend d'ici le fou rire. Les salopes. René tâte sa poche : la lettre y est. Difficile d'avancer. En général – enfin, c'est arrivé une fois – quand René quitte le studio de la fille de Colette, il se retrouve chez Thérésa. Mais aujourd'hui c'est Karl qui garde Dora.

— Figure-toi, dit Karl à René, que j'ai reçu, ce matin, une drôle de lettre.

C'est la même. René se tait, la main sur sa poche. Il n'est pas mécontent que Karl ait pris la tête. René ne répond pas sur le fond. Il demande :

— Comment la Tante peut-elle connaître ton adresse ?

— Tu as raison, c'est bizarre.

— Tu as montré la lettre à Thérésa ?

— Non, dit Karl, je la garde dans ma poche. Et toi ?

Le papier collé sur la porte ne mentait pas : la fille de Colette et la petite anglaise sont bien au Dépôt de pain. La Tante ne leur a pas lu la lettre. Elle a seulement demandé l'adresse de Thérésa. Le fou rire n'a pas eu lieu.

Après une conversation embarrassée, Karl et René décident de ne pas savoir si Roberte et Robert ont reçu la lettre de la Tante. Le plus simple, disent-ils, est encore d'envoyer la photocopie de cette lettre à Colette, qui pourra facilement demander à Brossard ce qu'il en pense. Il va de soi, en attendant, que Suzanne et Thérésa ne prendront pas connaissance de la lettre.

Par retour, Brossard répond :

Nous avons conçu nos enfants au même moment. Nous sommes des millions à l'avoir fait. En général, les personnes qui conçoivent des enfants au même moment ne se connaissent pas. Ce qui évite les commentaires. Vous, vous connaissez trop de gens : votre faire-part le prouve. Laissez ma Tante tranquille. Une vieille personne qui apprend à lire écrit forcément des bêtises. Elle a toujours cru que les vivants remplaçaient les morts. Je sais que les uns et les autres ne sont pas pareils. Elle : non. Pour elle, tout nouveau-né est un futur Laurent. Laissez tomber. Vous n'auriez rien à lui dire. Elle a eu, la pauvre, un accès de faiblesse. Salut.

Pour lire la réponse de Brossard, Karl et René s'étaient cachés. Ils sortent, honteux de leur emportement passé. René doit rentrer chez lui : Gustave pleure. Karl accompagne René. Le téléphone sonne. C'est Roberte.

— Qu'est-ce qu'on fait avec la Tante ?

On ira demain. Au dernier moment, Suzanne refuse de partir. Elle dit que ça lui rappelle l'enterrement d'un général. Son oncle était venu la chercher, très tôt le matin. Il avait un bureau qui donnait sur le cortège. Étant très petite, Suzanne avait peur d'un deuil national. Aujourd'hui, la même peur la dérange : elle ne veut pas voir la Tante.

— Comme toutes les personnes, elle peut être utile, dit Karl.

— Non, dit Suzanne. Je ne veux pas qu'elle touche Gustave.

— Je reste avec toi, dit Thérésa.

Karl et René s'en vont seuls. René connaît le Dépôt de pain. Certes, il le trouve changé.

— Brossard n'est pas avec vous ? dit la Tante déçue.

Robert et Roberte sont arrivés, avec Rodolphe que la Tante ne regarde pas. Elle sait bien qu'à la longue, toute méfiance bue, les uns et les autres, voudront lui confier les petits, pour un jour, pour un an. Elle décourage, dit à René :

— Si Gustave était là, je n'y toucherais pas.

Ce qu'elle voulait : elle l'a. Elle voulait une visite. Qu'on lui fît une visite. La Tante ne geint pas. Elle prend, du bout des doigts, l'hommage qu'on lui rend.

Seul, René s'agite. Il croit encore que la petite anglaise et la fille de Colette ont dicté la lettre. À force d'ouvrir des portes, il tombe sur la bonne : à même le lit, la petite anglaise et la fille de Colette sont réunies. Seul René a l'air bête : les filles s'adorent tranquillement. René ne referme pas la porte.

La Tante s'est mise à parler d'elle, admirative. Tout ce qu'elle avait entendu dire, depuis des années, elle le comprend maintenant, d'un bloc. Comme un aveugle qui verrait clair. L'impératrice Eugénie, par exemple. Sa grand-mère lui en parlait. Eh bien, elle la connaît. C'est même le premier livre qu'elle a lu. Un livre de Daudet, *Lucien.* Ce Lucien avait un si grand respect pour la Dame qu'il n'a jamais voulu lui présenter son ami Marcel. Je comprends ça, dit la Tante : Gustave n'a pas osé venir. C'est normal. Quand les personnes vous estiment, elles ne viennent pas vous voir. Elles attendent que vous soyez morte.

Les auditeurs, peu à peu, s'esquivent.

— Elle est foutue, dit René.

— Elle a perdu sa place, dit Karl, dans le paysage.

Seuls, Roberte et Robert restent, avec Rodolphe. Roberte attend Brossard, qu'elle ne connaît pas, qui ne viendra pas. L'hôtesse rattrape René : il avait oublié sa casquette. L'hôtesse a couru. René la remercie à peine.

— Nous nous conduisons mal, dit Karl.
— Nous nous conduisons, dit René.

— Alors ? demande Thérésa.

— Alors, rien, dit René. Rien du tout. Il faut effacer tout ça. Comment va Gustave ? Il aurait pu venir. Rodolphe était là : elle ne l'a même pas regardé.

— C'est bien, dit Suzanne. Je suis de ton avis, il faut effacer tout ça : mais à partir de quand ? Je sais bien que c'est moi qui ai commencé. Quand j'ai dit – il y a des années – « il faudrait avoir une maison ici ». J'avais même commencé plus tôt : en vivant avec Laurent. Ensuite, René est devenu l'ami de Laurent et j'ai vécu avec René. Il y a, dans tout ce qu'on fait naturellement, une somme d'efforts insoupçonnés, mais, d'une manière ou d'une autre, nous avons tous connu Laurent, à l'exception de Karl. Karl a fait, lui aussi, quelques efforts. Il n'a pas cru ce que René lui a dit, à propos de Thérésa, lorsque j'étais dans la cuisine. Des cuisines, on entend tout ce qui se dit. Nous avons, depuis des mois, refusé les occasions de nous fâcher. Nous sommes restés debout sous une pluie imaginaire. Par chance, nous avons évité la petite anglaise. René l'a vue une fois, chez Laurent : d'où, à mon avis, cette histoire de banane. J'ai entendu René retenir le mot banane au moment où il allait sortir de sa bouche. Les lapsus de René sont toujours les mêmes. Il ne dit pas un mot pour un autre. Il ne dit rien à la place du mot qu'il allait dire. Il fait un trou dans sa phrase. La banane, pour moi, restera un souvenir. Nous n'en avons jamais parlé, mais l'idée de remplacer Laurent par Brossard était stupide. Brossard n'est pas assez causant. Il peut être agréable de vivre avec lui. Colette nous le dira. Enfin, nous devrions nous reposer un peu : depuis quelque temps, nous parlons tous de la même façon : nos enfants, si nous continuions, ne trouveraient pas ça normal. Oublions-nous un peu.

— Tu ne dis rien de la Tante ?

— Elle n'a rien fait, à mon avis. Elle a tout inventé. Je crois que Laurent s'est pendu ; que la Tante l'ait roué de coups par la suite, c'est possible. Qu'elle s'en soit glorifiée, c'est certain. Elle nous a fait marcher : elle savait lire avant d'aller en prison, j'en suis sûre. Nous l'avons crue parce que nous croyons tout : c'est notre façon d'être méfiants, c'est notre humour, alors qu'on devrait garder ce mot pour désigner seulement ce que chacun serait seul à pouvoir comprendre.

— Tu veux dire qu'on ne comprend pas toujours ce qu'on est le seul à pouvoir comprendre ?

— C'est vrai, à mon avis, dit René.

— Je voudrais dire encore quelque chose : si nous souhaitons continuer à nous voir aussi souvent, nous devons oublier une partie de cette année, dit Suzanne.

— D'accord, dit Karl.

Suzanne, Thérésa et Karl regardent la cassette prêtée par Nicole.

Le film commence par une phrase, sur fond blanc : Madrid, 1943. Un palais ouvre les grilles de son parc. Le film est en noir et blanc. Une Hispano-Suiza noire, suivie d'autres Hispano-Suiza noires. Sur les portières sont peintes des armoiries différentes. En descendent des robes blanches, et roses, et des habits. Arrivent maintenant des Rolls blindées, des Mercédès blindées, des Hispano-Suiza blindées. En descendent des hommes : tenue de soirée ou costume national. Des sbires les entourent. Un Américain, un Anglais – qu'on appelle Lord Jim –, un maharadja, un émir, un général allemand, un civil japonais. Le commentateur rappelle que nous sommes en 1943, que ces archives sont authentiques, que ce bal donné par la duchesse d'A. a été la seule occasion offerte aux ennemis d'alors de se rencontrer physiquement. D'une Bugatti noire, royale, sort un couple d'Italiens mâle précédé d'un petit chien. D'un side-car armorié, piloté par un chauffeur noir, un prince tatar en exil s'extrait. C'est un original.

On voit que la caméra est gênée, en entrant dans les salons. Elle reste un peu trop longtemps sur un piano. Le commentateur dit que nous reverrons ce piano. Accoudés à l'instrument, fermé pour l'instant, un atomiste japonais et un atomiste allemand paraissent intéressés par ce que ne leur dit pas un général américain.

Puis, c'est un autre plan, une jeune femme plus belle que les autres, remue les lèvres, murmure un mot et, aussitôt Lord Jim se retourne et la prend dans ses bras, fougueusement. D'émotion, la jeune femme pleure et s'échappe. Lord Jim disparaît avec elle. Quelques minutes plus tard, nous entendrons, dit le commentateur, un petit avion décoller.

L'orchestre s'accorde. Comme pour s'entraîner ; un alto joue trois notes et sourit. Ses camarades le regardent. Un général allemand fait une remarque. On voit un autre alto remplacer le précédent : les trois notes amorçaient un air – peu connu pourtant – de Mendelsohn. L'orchestre attaque, mais l'avion a décollé : un valet prend dans ses bras le petit chien italien qui aboie.

On se demande qui reçoit : la caméra, sur ordre, a dû éviter la duchesse. À présent, nous apercevons le quart de sa robe. Un homme petit et barbu l'écoute. C'est un agent suisse. La duchesse doit lui dire qu'elle est fâchée : elle avait invité un petit cousin russe. La réponse lui est parvenue : colonel décédé. Le télégramme vient de Stalingrad. Oui, confirme le Suisse, les Soviétiques savent que la duchesse donne une réception. Ils connaissent le nom des invités. Il n'est pas impossible qu'ils commettent une plaisanterie. Le bruit en court. Personne ne boit, personne ne mange. Sauf les cardinaux, réunis à la même table : ils sont treize.

Les serveurs sont aidés par des serveuses. Les serveuses sont françaises. Les pères de ces demoiselles ont un point commun : ils se sont engagés, à la bonne époque, dans une brigade franquiste. Ils ont fait venir leur famille, par la suite. La caméra exagère : elle fixe les serveuses, une à une. Suzanne les dévore des yeux.

À nouveau, le piano. Cette fois, la soirée est avancée. Une jeune femme nue est adossée à l'instrument fermé. Elle invite un homme.

— Arrête l'image ! crie Karl.

Suzanne arrête l'image.

— C'est Mireille Miron, dit Karl, exalté.

Le commentateur confirme : Mireille Miron au piano.

— C'est, dit Karl, la première femme nue que j'ai vue. Dans un film. J'avais douze ans.

— Mon Dieu ! dit Thérésa

— Moi, dit Suzanne.

— Mireille Miron, dit Karl.

— Moi, dit Suzanne, j'ai bien regardé les serveuses : je n'ai pas reconnu la Tante.

René ne dit rien : il croit avoir reconnu la Tante. Il remonte le film jusqu'aux serveurs, évite l'image.

— C'est la Tante, dit-il, à mon avis, comme tu dirais.

Mireille doit bien avoir quatre-vingts ans, se dit Karl, en feuilletant une collection de vieux *Petits Journaux*. Tout à coup, il n'en croit pas ses yeux. La couverture du vieux *Petit Journal* dit :

« Non, Mireille Miron n'est pas morte ! au contraire : elle a épousé un chef d'orchestre. » Karl note le nom du mari monégasque. Veuve et divorcée, Mireille file à Orly-Ville une vieillesse solitaire.

Mireille est ravie de recevoir Karl. Elle lui a préparé trois albums de photographies, toutes nues. Elle lui a fait des gâteaux. Karl est content, ne sait pas exprimer ce qu'il ressent. La vieille dame se regarde avec tendresse, évoque une vie sans mystère. Elle dit que tout le monde est gentil avec elle. Elle se souvient du bal de la duchesse. Elle a oublié la scène du piano. Elle voudrait bien voir le film. Elle avait vingt ans en 1943. Elle n'avait pas été invitée : elle avait touché un cachet, en tant qu'actrice. La scène du piano ? Non, vraiment non : aucun souvenir. Oui, il y avait beaucoup de monde. Tous parlaient l'anglais, même les Allemands. La duchesse lui avait donné ça. « Ça » est un collier qu'elle porte encore. Elle se rappelle bien le Suisse : il l'avait draguée. Il n'avait pas été le seul. Les serveuses ? Non, elles ne couchaient pas. Personne ne couchait d'ailleurs. Ces gens-là étaient trop importants : ils ne voulaient pas faire d'enfants. Elle non plus n'a pas couché. C'était dans le contrat. Les serveuses ? Non. Elle en avait rencontré une beaucoup plus tard, par hasard, chez sa sœur, qui tenait un Dépôt de pain. Dans le Midi.

Karl avale sa madeleine de travers, se reprend, constate que Mireille n'a pas quatre-vingts ans, voudrait prendre congé, remercie. Mireille lui demande de choisir une photo. Dédicace. Cette photo ira rejoindre la lettre de la Tante, dans la poche du pantalon. Car, pour l'instant, Karl est décidé : il ne dira rien à René.

Le soir même, Dora, Gustave et Rodolphe font leurs premiers pas dans le sable. Nicole prend la photo.

— Alors ? lui demande Suzanne, tu ne sais toujours pas qui t'a prêté cette cassette ?

Non : Nicole a oublié. C'est certainement un ami, puisqu'elle n'a pas regardé la cassette. Mais qui ? au fond d'elle-même, Nicole s'en fout. Il y a entre elle et ses amis une indifférence véritable, que René apprécie. René meurt d'envie d'entrer en sieste. Il s'allonge : il aime bien se reposer avant d'être fatigué. Les yeux fermés, il guette les premières apparitions. Certes, elles sont toujours modestes. Ce soir, c'est un feu rouge allumé. Le feu rouge d'un signal de chemin de fer. Est-ce un jouet ? ou un vrai signal ? Impossible de savoir, même quand le feu rouge devient vert. Cette apparition n'a aucune taille. Moi se dit René, quand je rêve, je suis gaucher. De la main gauche, en rêve, je fais des dessins épatants. Réveillé, j'essaie de les imiter avec ma main droite : catastrophe.

Ça, dit-il, c'est une fleur de jardinier. Il se voit réellement planter son sexe dans une tulipe. La tulipe ne dit rien, le flatte même, puis à petites secousses, l'enveloppe, le gagne. Les jardiniers connaissent ce plaisir ; les botanistes, non.

— À quoi penses-tu ? lui demande Karl.

— À la *Flore* de Bonnier, tu te souviens de ce bouquin ?

— Non, dit Karl, mais moi j'ai rêvé. Figure-toi : j'avais retrouvé Mireille Miron et j'étais allé, avec elle, voir la Tante.

— Et alors ?

— Elle a reconnu la Tante.

— Menteur !

— Non, dit Karl. Et il montre à René la photo dédicacée.

— Cache ça, dit René.

— Qu'est-ce que c'est, crie Nicole, que cette photo que vous cachez ?

— Ça ne te regarde pas, dit René.

Nicole, vexée, se souvient : c'est un jeune cinéaste espagnol qui a fait ce film pour Arte. Il avait retrouvé les archives, il en a fait une montagne. Je l'ai vu une fois, ce jeune homme.

Karl entraîne Nicole dans un coin et il lui montre la photo de Mireille Miron toute nue.

— Elle est dans le film, dit Karl.

— C'est bien possible, dit Nicole.

René reprend sa sieste. Il voit une scène qu'il connaît bien. Quelqu'un crie :

— Madame est blessée !

Et aussitôt un homme habillé en roi s'agite et demande :

— Où sont mes carpes ? Où sont mes carpes ?

René se rappelle cette scène. Il l'a lue dans Saint-Simon, mais elle fait partie de ses souvenirs personnels. La dame est la jolie duchesse de Bourgogne que Louis XIV aime avoir dans sa voiture quand il va de

Marly à Versailles. Elle est enceinte et la route est mauvaise. Elle accouche en arrivant. Et le roi s'inquiète : il ne voudrait pas avoir tué ses carpes par bêtise. Il cherche à les voir dans son bassin, délaissant la duchesse. Encore une duchesse ! se dit René, pantois. Je suis comme Laurent : je ne sais pas imaginer.

Y aurait-il des carpes dans le film ? Y aurait-il, se demande René, un rapport entre le film, les carpes, la mort de Laurent, les bananes ? Sans pouvoir lui donner un nom, René devine ce rapport. Il est comme un bruit sourd, assez fort, loin de cesser. Cela doit s'appeler la confusion, se dit René : quand l'oublié, le souvenir, le lu et le vécu, dans la même théière, infusent en même temps. Les situations, les meubles, les enfants, ce qu'on a dans les poches, les vieilles photos : tout cela résonne. Comment maîtriser ce vacarme ? René se tourne vers Suzanne, qui le regardait :

— Eh bien ? dit-elle, tu vas mieux ?

À l'autre bout du parloir, Karl et Thérésa jouent au même jeu.

— Regarde, dit Thérésa, comme Gustave est gentil avec Dora.

— Oui, dit Karl, quand Rodolphe n'est pas là.

Dans un autre coin du parloir, Roberte somnole, un livre à la main. Le livre tombe. Roberte ouvre les yeux. Le regard de Karl est la première chose qu'elle voit. Karl la regardait. Karl la regarde. Il n'a pas l'intention de regarder ailleurs, sous prétexte qu'un livre est tombé. Non : il continue. Roberte aimerait rester sous le regard de Karl. Comment le faire durer ? Si elle ferme les yeux, le regard s'en va. Elle les ouvre à nouveau, le regard est encore là. De son côté, le regard de Karl est content. C'est un silence que deux coups de marteau n'arriveraient pas à casser. Roberte se demande où se pose le regard de Karl. Il ne se pose pas sur son visage, pas sur ses yeux. Il se pose ici, sur son foie. Roberte tâte son foie : rien d'anormal. Elle respire. Karl sourit. Roberte ferme les yeux, rassurée : la durée finira tard. L'ennui s'égaye. Il ne faudrait pas croire, se dit Roberte, que je me rêve dans les bras de Karl. Pas du tout. Karl est du même avis. Tout au plus souhaite-t-il avoir le même médecin qu'elle. La première personne qui entrera dans le parloir mettra fin à la partie, se dit Karl, comprenant en le disant qu'ils sont seuls. Les autres les ont laissés. La solitude intéresse la partie. Karl pourrait s'approcher de Roberte, la toucher. Il le fait. Roberte ne répond pas, ne bouge pas.

— Qu'est-ce qu'elle a ? demande René, en entrant.

— Elle m'a fait peur, dit Karl : elle était toute bleue.

— Un beau bleu ?

— Outremer, répond Karl.

À mi-voix, René dit :

— Écrase, pour la Tante ; Mireille Miron, la barbe.

— Soit, mais écrase le reste : Laurent n'est pas mort, la petite anglaise n'est pas veuve. Tu n'as jamais vu Thérésa.

— D'accord, dit René.

Roberte, un livre à la main, sort.

— Rappelle-toi : tu m'avais dit que tu savais oublier, dit Karl.

— C'est vrai, avoue René. Je l'ai dit.

— Eh bien raconte-moi comment tu as vu Mireille Miron quand tu avais douze ans. Elle était dans un vieux film, et toi, tu étais à la maison.

— Dans un grand fauteuil rouge, dit René.

— C'est ça, dit Karl. Il faut s'asseoir pour continuer. Et toi, dans ton fauteuil rouge, tu la voyais passer. Elle passait toute nue devant toi : et tu ne pouvais pas l'attraper.

— C'est vrai, dit René.

— Un peu plus tard, tu as vu un film qui se passait en Espagne, chez une duchesse. Laurent n'était pas là.

— Non, dit René.

— Tu vois bien ! mais la Tante y était. Un peu moins tard, tu as vu une petite anglaise manger une banane.

— Elle était belle, dit René, équivoque.

— Les choses se sont compliquées parce que tout se passait en même temps : la mort de Laurent, la fille de Colette, et ton séjour dans le cabinet de Thérésa.

— Presque en même temps, corrige René.

— Dans la même lunaison, précise Karl.

— Oui, dit René. Le ciel était le même. Mais le vent décuplait, nous poussait les uns sur les autres, ou nous séparait. Quand le vent a cessé, nous sommes restés assis.

— Reste l'essentiel, dit Karl. Un jour, tu m'as desservi. J'en suis sûr. Ton amie la duchesse avait envie d'un monument. Elle voulait que je le fisse. Quelqu'un l'a fait changer d'idée : je suis sûr que c'est toi.

— La duchesse m'a demandé mon avis, c'est vrai : je lui ai dit d'attendre.

— Tu lui as dit que je dévaluerais l'ensemble de ses bonnes œuvres, de ses achats, de ses goûts.

— Je lui ai dit d'attendre que tu grandisses. Ensuite, elle est morte.

— N'est-ce pas ce jour-là que nous nous sommes trouvés épatants, l'un l'autre ? N'est-ce pas ce jour-là que nous sommes devenus un couple d'amis ?

— Exact, dit René.

— Ce que je voulais te dire, c'est que je le savais. Ta duchesse, demande Karl, c'était celle du film ?

— Dans le film, tu le sais bien : on ne voit pas la duchesse. Rien n'est sûr.

— Si, quelque chose est sûr : tu lui as dit que je ne valais rien. Je suis devenu ton ami pour te l'entendre dire.

— Ah bon, dit René.

— Vous n'entendez pas, hurle Suzanne, vous n'entendez pas les enfants qui se battent ?

Aussi mince l'une que l'autre, la fille de Colette et la petite anglaise viennent dire bonjour. Karl et René les regardent l'une et l'autre comme s'ils devaient les couper en deux pour se les partager.

La fille de Colette n'a pas changé :

— Oh, dit-elle, c'est beaucoup plus grand qu'avant chez vous. Vous avez été cambriolés ? Nous sommes allées saluer la Tante. Elle nous a donné ça pour vous. C'est une orange qui a cinquante ans. Oui. Elle a été magnétisée par un gitan. C'est une dame qui l'a donnée à la Tante. Une dame espagnole. C'est vrai.

Suzanne est furieuse. Elle ne veut pas d'une vieille orange. Elle la jette par la fenêtre ; au moment où l'orange quitte sa main, le bras de Suzanne se met à rêver : il voit l'orange rebondir et remonter lentement vers le ciel, devenir le plus petit satellite du monde. Et Suzanne entend, comme en rêve, deux astronomes commenter l'orange : ils l'appellent « le Dépôt de pain de la duchesse ». Ils en parlent avec tendresse, comme si, en lançant l'orange, Suzanne avait inversé le mouvement du monde, l'avait orienté vers la bonté.

Karl et René sont consternés, mais la petite anglaise qui se trouvait juste derrière Suzanne au moment du lancement, a été bouleversée, sans le comprendre, par la violence de Suzanne. Cette colère l'a réanimée. La voilà qui gifle la fille de Colette, qui embrasse Thérésa, qui serre Suzanne dans ses bras, s'agenouille devant elle en pleurant.

Karl et René sortent, sans se regarder. Ils se sentent secs, très secs, cassants. Ils devinent maintenant que la Tante a explosé, que Laurent est bien mort et que désormais, ils devront se contenter d'être des figurants attentifs au trajet d'un satellite qu'ils n'apercevront jamais.

Karl n'a touché Roberte qu'une fois. Une fois ne suffit pas : Karl se souvient du corps de Roberte et du tissu de sa robe. Un tissu soyeux, vert et noir, d'allure ancienne. Le tissu n'était pas la peau de Roberte, mais c'est, via le tissu, la chair sans la peau que Karl a touchée. La mémoire de ses doigts n'est pas bonne. Sa vue est meilleure. La sensation de chair vient-elle de mes yeux ? se demande Karl. Non, se répond-il, il se passe quelque chose quand le regard et les doigts se nouent. Bref, résume Karl, je me rappelle du tissu et en même temps du toucher. Qu'est-ce que le temps vient faire ici ? Son travail : il nous donne l'illusion d'un synchronisme. C'est la mémoire qui sépare, qui nous prête – séparément ou ensemble – ce que les yeux et les doigts ont perçu. Mais, parce qu'elle nous donne le choix – ensemble ou séparément – la mémoire nous fait envier le temps, qui réunit avant de passer.

Karl revient sur ses pas. Il voudrait revoir Roberte. Mais il tombe sur la petite anglaise.

— Roberte est partie, dit-elle, dans un fou rire.

Alors, Karl lui dit :

— Tu ne sais même pas que la fille de Colette est la fille de Laurent !

— Que veux-tu que ça me fasse ! répond la petite anglaise, sans rire.

Suzanne et René regardent, par la fenêtre, Karl s'éloigner.

— Tu sais, Suzanne, dit René, il ne faut pas toujours croire ce que Karl dit.

Suzanne écoute René avec attention.

— Par exemple, dit René. Si tu veux te fabriquer un cerceau, ne découpe pas un tonneau comme s'il était un saucisson : tout s'effondrerait. Il ne faut pas scier les douelles. Tu comprends ?

— Non, dit Suzanne.

Elle regarde s'en aller Karl : il se passe autour d'elle.

Karl, s'en allant, fait un nœud à son mouchoir pour se rappeler qu'il a fait un nœud à son mouchoir.

De cet ouvrage composé en Garamond corps 12,
il a été tiré sur vergé Ingres
25 exemplaires numérotés de 1 à 25.

Chez le même éditeur

Françoise Asso	*Reprises*
Françoise Asso	*Déliement*
Pierre Bergounioux	*Le Matin des origines*
Pierre Bergounioux	*Le Grand Sylvain*
François Bon	*L'Enterrement*
François Bon	*Temps machine*
Joë Bousquet	*Papillon de neige*
Joë Bousquet	*D'un regard l'autre*
Géva Caban	*La Mort nue*
Esther Cotelle	*La Prostitution de Margot*
Didier Daeninckx	*Autres lieux*
Didier Daeninckx	*Main courante*
Pierre Dumayet	*Brossard et moi*
Pierre Dumayet	*La Nonchalance*
Pierre Dumayet	*La vie est un village*
Eugène Durif	*Une manière noire*
Michaël Gluck	*Partition blanche*
Daniel Grojnowski	*Héros d'Amérique*
Gil Jouanard	*Le Goût des choses*
Alain Lercher	*Le Dos*
Alain Lercher	*Les Fantômes d'Oradour*
Hugo Marsan	*Le Balcon d'Angelo*
Hugo Marsan	*Le Corps du soldat*
Pierre Mertens	*Les Chutes centrales*
Pierre Michon	*Vie de Joseph Roulin*
Pierre Michon	*Maîtres et Serviteurs*
Gilles Quinsat	*Le Sang et la Mémoire*
Jacques Réda	*La Sauvette*
Jean-Jacques Salgon	*07 et autres récits*
Michel Séonnet	*Que dirai-je aux enfants de la nuit ?*
Jean-Claude Vernier	*Nous ne nous aimons pas*
Guy Walter	*Un jour en moins*

Imprimerie des Presses Universitaires de France
73, avenue Ronsard, 41100 Vendôme
Imprimé en France
pour Verdier Editeur
Janvier 1995 — N° 41 406

Imprimerie des Presses Universitaires de France
73, avenue Ronsard, 41100 Vendôme
Imprimé en France
pour Verdier Editeur
Janvier 1995 — N° 41 406